W0023984

Jens Eisel

Hafenlichter

Stories

Piper München Zürich

Mehr über unsere Autoren und Bücher:
www.piper.de

ISBN: 978-3-492-05665-6

Gesetzt aus der Joanna
Satz: psb, Berlin
Druck und Bindung: GGP Media GmbH, Pößneck
Printed in Germany

Für Melina

»Wir verstehen nicht, was mit uns geschieht.«

Jörg Steiner

Hunde

Als ich Henning kennenlernte, war ich neunzehn; er war neunundzwanzig. Wir arbeiteten bei UPS im Lager, stapelten Pakete, die von einem Fließband in die Container fielen. Im Sommer war es brütend heiß und im Winter schweinekalt. Der Job war ziemlich beschissen. Ich arbeitete dort, weil sie ganz gut bezahlten, und ich arbeitete dort, weil ich nicht wusste, was ich sonst tun sollte. Ich wohnte damals in einem besetzten Haus, aber die Leute gingen mir auf die Nerven. Ich hatte keine Lust auf diese Hausplenumscheiße.

Als Henning bei UPS anfing, war ich schon fast ein Jahr in dem Laden. Ich kam mit den anderen klar, aber wirklich verstanden habe ich mich mit niemandem dort. Die meisten blieben auch nicht besonders lang.

Ich war im Container und mit den Paketen beschäftigt, als er plötzlich vor mir stand. Er war mindestens einen Kopf größer als ich und doppelt so breit. Seine dunklen Haare trug er kurz.

»Ich soll heut mit dir zusammenarbeiten«, sagte er. »Ich bin Henning.«

Henning war erst seit Kurzem wieder draußen. Er hatte einen Bewährungshelfer, bei dem er sich in regelmäßigen Abständen melden musste.

»Wenn die neun Monate vorbei sind, hau ich hier ab«, sagte er. Wir saßen in seiner Wohnung, und Henning drehte sich eine Zigarette. Es war eine kleine Zweizimmerwohnung mit Ofenheizung. Die Wände waren mit Zeichnungen beklebt: Drachen, Totenschädel und Pin-up-Girls. Er zeichnete in jeder freien Minute, und er hatte Talent.

»Wo willst du hin?«, fragte ich.

»Nach Hamburg, ich kann dort in 'nem Laden anfangen«, sagte er.

Das Erste, was ich mir von Henning stechen ließ, war ein Dolch, dann einen Totenschädel und ein Spinnennetz. Nach einem halben Jahr war ich ziemlich zugehackt. Anfangs sahen wir uns zwei-, dreimal die Woche, später zog ich bei ihm ein. Wir fuhren morgens gemeinsam zur Arbeit, abends zogen wir zusammen durch die Kneipen.

Einmal, als wir am Tresen saßen, erzählte er mir eine Geschichte, die mich ganz schön mitnahm.

»Barkley war sechs, als ich reinkam«, sagte er.

»Ich kannte niemanden, der ihn nehmen konnte, also musste ich ihn ins Tierheim geben. Ich werd nie vergessen, wie er mich ansah. So was kann man nur verstehen, wenn man mal mit einem Hund zusammengelebt hat. Und ich meine, wirklich zusammengelebt. Es gab Zeiten, da hatte ich kaum Geld, ich wusste nicht, wie ich die Kohle für die Miete zusammenkriegen sollte, konnte mir keinen Tabak leisten. Aber für Barkley hat es immer gereicht. Und wenn ich selbst hungern musste. Ich war in dieser Scheißzelle, und abends, wenn es dunkel wurde und ich nicht einschlafen konnte, kamen die Bilder. Ich saß im Knast und er auch. Als ich rauskam, bin ich direkt dorthin. Er war nicht mehr da.«

Er hob sein Bier, trank einen Schluck und stellte es wieder zurück. Er zog eine Zigarette aus der Schachtel, zündete sie aber nicht an.

»Dieser Blick«, sagte er, und dann sagte er nichts mehr. Ich hätte gerne was darauf geantwortet, aber es fiel mir nichts ein. Wir saßen einfach so da, tranken und rauchten, bis der Kellner die Stühle hochstellte und wir schließlich gingen.

Es war das erste Mal, dass er davon sprach, und auch später redete er nicht mehr davon. Doch ich merkte, dass es ihn beschäftigte, denn jedes Mal, wenn er Hunde sah, wurde er unruhig.

Als wir an dem Abend nach Hause liefen, sprach

niemand ein Wort. Es regnete, und hin und wieder fuhr ein Wagen vorbei, Menschen waren nicht auf der Straße.

Es sprach sich herum, dass er tätowierte, und es kamen immer mehr Leute. Es war schön, ihm zuzusehen, wie er immer besser wurde. Unsere Küche verwandelte sich in eine Tätowierstube. Anfangs machte er es umsonst, später nahm er dann Geld. Er kaufte sich eine neue Maschine, und er benutzte für jedes Tattoo frische Nadeln. Manchmal, wenn ich nachts im Bett lag und Henning in der Küche saß und zeichnete, hörte ich noch immer das Geräusch der Maschine. Es kam sogar vor, dass ich davon träumte.

Eines Tages kam ein Typ vorbei, den er vor einer Weile tätowiert hatte. Er hatte ihm eine Eule gestochen, und der Typ hatte sie fotografiert und an eine dieser Zeitschriften geschickt. Es war nicht groß, aber es war dort zwischen all den anderen Motiven.

»Ich glaub, ich scheiß auf Hamburg«, sagte Henning, als der Typ wieder weg war. Die Zeitschrift lag vor ihm auf dem Tisch. Er blätterte darin.

»Ich glaub, ich miet mir hier ein kleines Ladenlokal, und dann machen wir das zusammen.«

An diesem Abend wollten wir feiern. Wir gingen in einen dieser Schuppen in der Innenstadt, um uns mit Cocktails zu betrinken. Wir setzten uns an den Tresen und bestellten alles Mögliche. Anfangs fühlte ich mich unwohl unter diesen ganzen Leuten, aber mit der Zeit wurde es besser. Der Laden war gut gefüllt, aber am Tresen saßen nur wir beide. Man konnte von dort aus durch große Fenster auf die Straße sehen.

Es war einiges los. Die Kellner trugen weiße Hemden und schwarze Schürzen, auf runden Tabletts balancierten sie bunte Gläser durch den Raum. Ich weiß noch, dass ich damals dachte, dass sich nun alles ändern würde.

Wir sprachen über vieles an dem Abend, aber hauptsächlich sprachen wir über den Laden. Darüber, wie wir ihn einrichten würden, und über den Namen.

»Was hältst du von ›Scharf gestochen‹?«, sagte er und nippte an seinem Glas.

»Oder ›Blut und Tinte‹.« Ich lachte. Wir dachten uns die verrücktesten Namen aus, tranken, rauchten.

Der Laden wurde allmählich leerer, nur noch vereinzelt saßen Leute an den Tischen. Auch auf der Straße war jetzt weniger los.

Es war zwei oder drei, als der Kerl aufkreuzte. Er kam mit einer Frau und einem Hund, trug einen

Mantel und darunter einen Anzug. Er war ziemlich groß, bestimmt eins neunzig. Die Frau war stark geschminkt. Sie setzten sich an einen Tisch in der Nähe des Tresens, der Hund blieb neben dem Tisch stehen. Es war ein schwarzer Mischling, und er hatte eine graue Schnauze.

»Platz«, sagte der Typ in dem Anzug, aber der Hund blieb stehen.

Henning sah zu ihm rüber.

»Jetzt leg dich hin«, sagte er, diesmal etwas lauter, doch der Hund bewegte sich nicht. Der Typ griff ihm ans Ohr, der Hund jaulte, dann legte er sich hin. Aber kurze Zeit später stand er schon wieder – diesmal unter dem Tisch.

»Wollen wir los?«, fragte ich Henning, der zu dem Tisch schaute. Mit einem Strohhalm rührte er in seinem Glas.

»Henning«, sagte ich, aber es war zwecklos. Und dann hörte ich den Hund erneut aufjaulen. Henning starrte noch immer zu dem Tisch, und irgendwie musste der Typ das bemerkt haben. Denn er stand jetzt auf und kam zu uns rüber.

»Gibt's 'n Problem?«, sagte er.

Henning traf ihn direkt über dem Auge. Der Typ taumelte hin und her, und bevor er sich sammeln konnte, schlug Henning wieder zu. Diesmal ging der Typ zu Boden. Ich kann mich nur noch an einzelne, unzusammenhängende Dinge erinnern. An den Blick der Frau, an das Gesicht dieses Typen – es war voller Blut. Und ich weiß noch, dass es ganz plötzlich still war in dem Laden. Ein paar Leute standen auf und gingen. Henning lehnte die ganze Zeit reglos am Tresen. Kurz darauf waren die Bullen da und ein Krankenwagen. Ich weiß nicht mehr genau, wie ich nach Hause kam, aber ich kann mich noch an das Gefühl erinnern, als ich in der Küche saß, zwischen all den Zeichnungen. Es war kalt, ich machte den Ofen aber nicht an. Die Zeitschrift lag noch auf dem Tisch.

Das war das letzte Mal, dass wir zusammen unterwegs waren. Anfangs hatte ich ihn hin und wieder im Knast besucht, aber irgendwann ging ich nicht mehr hin. Etwas später kündigte ich meinen Job bei UPS und zog nach Hamburg, aber auch dort fühlte ich mich nicht wohl. Heute lebe ich in Berlin.

Das Letzte, was mir Henning tätowiert hatte, waren zwei Schwalben. Sie fliegen aufeinander zu und halten eine Banderole zwischen den Schnäbeln. Das Tattoo ist nicht fertig geworden, es fehlt noch die Farbe, und auch die Banderole ist unbeschriftet.

Die Fahrt

Richard saß am Steuer seines Lkws, das Funkgerät knackte, und aus dem Radio drang die Stimme eines Moderators. Es war früher Nachmittag, aber draußen war es düster, und die Wolken hingen dicht und grau über der Straße. Der Moderator hatte eine dunkle Stimme, er redete davon, dass es noch schneien sollte. Richard nahm eine Kassette vom Armaturenbrett und schob sie in das Radio. Die Stimme verstummte, kurz darauf erfüllten Gitarrenklänge das Führerhaus, und Richard zündete sich eine Zigarette an. Er hatte Wein geladen und war unter Zeitdruck – Schnee war das Letzte, was er jetzt gebrauchen konnte. Die Scheinwerfer der anderen Fahrzeuge waren bereits eingeschaltet, und er blickte auf die roten Rücklichter und dann zu den Windrädern, die auf einem Feld neben der Autobahn standen.

Richard fuhr seit fast dreißig Jahren Lkw, und er konnte sich noch gut an seine erste Tour erinnern – damals war er frisch verheiratet gewesen. Er hatte Fahrzeugteile nach Südfrankreich transportiert. Er erinnerte sich an die flirrende Hitze und an den Geruch des warmen Asphalts; rechts und links von der Straße hatten Weinstöcke gestanden. Er hatte das Fenster heruntergekurbelt, und er spürte den warmen Fahrtwind. Zu diesem Zeitpunkt war seine Frau schon schwanger, und während er den Sattelschlepper über die Landstraßen lenkte, dachte er an das Kind. Er wusste nicht, ob es ein Junge oder ein Mädchen werden würde, aber er freute sich. In seiner Vorstellung hielt er den kleinen Körper dicht an seinem, er sah, wie seine Frau mit dem Kind durch die Wohnung lief. Er hatte sich die winzigen Hände vorgestellt und wie sie sich bewegten.

Seine Frau und er hatten sich vor über zwanzig Jahren getrennt, und seitdem hatte er seine Tochter nicht mehr gesehen. Er hatte die wichtigsten Dinge in seinen Lkw gepackt, dann war er verschwunden. Damals war seine Tochter sechs gewesen, und in jenem Sommer war sie in die Schule gekommen.

Normalerweise machte Richard die langen Touren; Bulgarien, Griechenland, Türkei. Aber diesmal war er nach Hamburg unterwegs, und er lag noch gut in der Zeit. Wenn der Schnee ausbleiben sollte, würde er es ohne Probleme schaffen. Der Motor lief ruhig und gleichmäßig. Vor ihm fuhr ein Wohnmobil, ein älteres Modell, und Richard fragte sich, ob es auf dem Heimweg oder auf dem Weg in den Urlaub war. Auf seinen Fahrten sah er oft Wohnmobile und Wohnwagen; sie waren in den letzten Jahren größer geworden und luxuriöser. Früher hatte er darüber nachgedacht, sich selbst ein Wohnmobil anzuschaffen.

Seine Tochter hatte ihm hin und wieder Briefe geschrieben, er hatte sie in seiner kleinen Küche gelesen. Ein paarmal hatte er versucht zu antworten, aber sobald er einen Stift in der Hand hielt, spielten seine Gedanken verrückt. Die ersten Briefe hatten ihn ein Jahr nach der Trennung erreicht. Sie waren mit Tinte geschrieben, und die Buchstaben waren sorgfältig gezeichnet. Manchmal hatte sie buntes Briefpapier benutzt, manchmal waren die Seiten aus einem Schreibheft gerissen. Der letzte Brief hatte ihn vor zwei Jahren erreicht. In ihm stand, dass sie jetzt in Hamburg wohnen würde. Sie hatte die Sätze auf die Rückseite eines Flyers geschrieben. Es war Werbung für einen Kaffeeladen auf St. Pauli.

Rechts und links von der Autobahn tauchten Hafenkräne und bunte Container auf, und in einiger Entfernung konnte Richard ein Riesenrad erkennen. Es war bereits dunkel, aber die Lichter vom

Hafen erleuchteten die Straße. Der Schnee war ausgeblieben, und Richard war gut durchgekommen. Eine Zeit lang hatte er sich mit einem anderen Fahrer über Funk unterhalten. Dann hatte Richard die Autobahn gewechselt, und der Empfang war schlechter geworden, schließlich hatten sie sich verabschiedet.

Richard saß an einem Tisch, und vor ihm stand ein Bier. Außer ihm und der Kellnerin war niemand in dem Restaurant. Die Kellnerin hatte bereits ein paar der Stühle hochgestellt; nun war sie dabei, die Spüle zu reinigen. Die Abfertigung im Hafen war schnell gegangen, er hatte einen der anderen Fahrer nach einem ruhigen Stellplatz gefragt, und der hatte ihm dieses Restaurant empfohlen. Es war spärlich eingerichtet, mit einfachen Stühlen und Tischen, die Wände waren mit Holz vertäfelt und die Gardinen vergilbt, auf den Fensterbänken standen Kunstblumen. Er hatte einen Eintopf gegessen und danach einen Kaffee getrunken. Jetzt war er bei seinem zweiten Bier. Er schätzte die Kellnerin auf Ende vierzig, sie war kräftig, hatte ein freundliches Lächeln und dunkle Haare. Er dachte an all die Restaurants, in denen er alleine gegessen, und all die Sonntage, die er auf Raststätten verbracht hatte. Das Geräusch der Autobahn hatte ihn immer an einen Fluss erinnert, und er mochte es, wenn die Scheinwerfer der Fahrzeuge über die dunkle Fahrbahn glitten.

Als Richard das Restaurant verließ und auf den Parkplatz trat, war es stockfinster. Eine einzige Laterne stand auf dem Hof. Der Mond war nur als heller Fleck zu erkennen, und die Bäume, die den Parkplatz begrenzten, waren in der Dunkelheit schwarz. Außer seinem standen noch ein paar andere Lkws auf dem Platz. Die Vorhänge waren zugezogen, aber in manchen Kabinen brannte Licht. Er ging auf seinen Wagen zu, der Kies knirschte unter seinen Füßen, und als er ihn fast erreicht hatte, sah er die Telefonzelle. Sie stand am Rand des Parkplatzes, die Scheiben waren eingeworfen, und sie war hell erleuchtet.

Der Taxifahrer hatte dunkle Haare, und er trug eine Brille. »Wo soll's hingehen?«, fragte er und sah ihn durch den Rückspiegel an.

»St. Pauli«, sagte Richard.

Der Fahrer wendete und schaltete den Taxameter ein. Die Ziffern leuchteten rot. Eine Zeit lang fuhren sie durch eine verlassene Straße, dann tauchten ein paar Gebäude auf. Zuerst Lagerhallen, dann Wohnhäuser – nach einer Weile waren sie auf der Köhlbrandbrücke; man konnte einen Großteil des Hafens überblicken, und die Wasseroberfläche wirkte wie zerknittertes Papier. Richard fragte sich, wann er zum letzten Mal in einem Taxi gesessen hatte. Im Gegensatz zu einem Lkw war man hier ganz dicht an der Straße, und er hatte das Gefühl, jede Unebenheit zu spüren.

Der Laden war klein, und Richard saß an der Theke. Auf dem Aschenbecher vor ihm war das gleiche Logo wie auf dem Flyer, und auch auf der großen Fensterscheibe war es zu sehen – eine Tasse in einem Kreis, darüber ein Schriftzug. Er fragte sich, ob er seine Tochter erkennen würde, wenn sie ihm irgendwo über den Weg liefe. Richard konnte von seinem Platz aus die Straße überblicken. Auf der anderen Seite gab es ein paar Kneipen und einen Dönerladen; Menschen liefen über die Bürgersteige, manche torkelten und schwankten. Er sah eine Frauengruppe; eine Frau trug ein Hasenkostüm, und eine andere hatte sich einen Bauchladen umgeschnallt.

»Noch einen?«, fragte die Bedienung, er hatte sie nicht kommen hören; sie stand vor ihm und deutete auf seine Kaffeetasse. Sie musste ungefähr so alt wie seine Tochter sein.

»Gerne«, sagte er.

»Das Gleiche?«, fragte sie, und Richard nickte.

Während sie an der großen Kaffeemaschine hantierte, blickte Richard weiter aus dem Fenster. Ihm fiel ein älterer Mann auf, der einen Einkaufswagen mit Leergut vor sich herschob. Er musste über siebzig sein, und er trug einen grauen Anzug.

»Bitte«, sagte die Bedienung und stellte eine Kaffeetasse vor ihn hin. Als Richard wieder auf die Straße sah, war der Alte verschwunden.

»Ganz schön was los, was?« Auch die Bedienung schaute jetzt nach draußen. »Sind Sie zu Besuch hier?«

»Nein, beruflich – ich fahre Lkw«, sagte Richard.

»Oh«, sagte die Bedienung, »da erleben Sie sicher so einiges.«

»Ach«, sagte er, »ich mach das schon 'ne Weile.«

Er nahm einen Schluck von dem Kaffee, dann sagte er: »Um ehrlich zu sein … also ich glaub, Ihr Job ist interessanter.«

Richard saß über zwei Stunden in dem Laden und blickte hinaus auf die Straße. Nach dem zweiten Kaffee stieg er auf Tee um. Er aß einen Brownie. Kurz überlegte er, der Bedienung von seiner Tochter zu erzählen – von ihrem letzten Brief –, aber dann kam er sich lächerlich vor. Er fragte sich, ob seine Tochter in der Nähe wohnte und ob sie oft hier war. Ab und an kamen Leute herein, die meisten ließen sich den Kaffee in Pappbecher füllen. Ein paar von ihnen schienen die Bedienung zu kennen. Im Hintergrund lief leise, ruhige Musik, die er nicht kannte.

Als Richard später durch das Viertel lief, war auf den Straßen noch immer viel los. Er wusste nicht, wie spät es war, und er musste am nächsten Morgen oben an der Küste sein. Wenn er noch ein wenig schlafen wollte, sollte er langsam zurück, aber er lief weiter, vorbei an größeren Clubs und spärlich beleuchteten Bars, an älteren Gebäuden und Neubauten mit viel Glas und Metall. Er lief an einer Tankstelle vorüber, und dann waren immer weniger Menschen auf den Straßen, auch Kneipen gab es hier nicht.

Kurz vor der Trennung hatte er seine Tochter einmal nach Italien mitgenommen. Sie hatte winzig gewirkt auf dem großen Sitz und während der gesamten Fahrt geredet. Als rechts von der Straße das Wasser auftauchte, wurde sie schlagartig still. Sie betrachtete das Meer, bis es dunkel wurde und sie schließlich einschlief.

Während Richard an diese Fahrt dachte, begann es zu schneien. Zuerst nur ein paar Flocken, dann immer mehr.

Brüder

Ich weiß nicht mehr genau, wann ich David zum ersten Mal begegnet bin, aber ich kann mich erinnern, dass es in einer Kneipe war. Und da war sofort diese Vertrautheit – als würden wir schon immer zusammen am Tresen sitzen und uns unsere Geschichten erzählen. Und tatsächlich haben wir von Anfang an über alles geredet; er sprach von seiner Kindheit, von seinen Reisen.

Er war groß und trug einen dichten Bart. Seine Haare waren struppig, und auf seinem Unterarm hatte er einen Bären tätowiert.

»Hab ich vor ein paar Jahren in Kanada machen lassen«, sagte er.

Seine Stimme war dunkel und leise, die Art von Stimme, die einen als Kind beruhigt.

»Hast du noch andere Tattoos?«, fragte ich. Er schüttelte den Kopf.

»Nein, nur das hier«, sagte er und blickte auf seinen Arm, der neben seinem Bierglas auf dem Tresen lag.

Er war in Mexiko gewesen und in Australien, mit dem Auto war er einmal quer durch die Staaten gefahren. Wenn er von seinen Reisen sprach, war da immer dieses Leuchten in seinen Augen.

»Du hast das Gefühl, dass du in einem Film bist«, sagte er. »Diese riesigen Autos und die staubigen Straßen.«

Wir saßen im schummrigen Licht der Kneipe, er rutschte auf seinem Hocker herum, und vor ihm im Aschenbecher verglühte seine Zigarette.

»In Amerika ging mir das fast überall so«, sagte er, »die gelben Taxis und die Feuerleitern in New York, die bunten Lichter in Las Vegas …«

Er hielt kurz inne und zog an seiner Zigarette, aber sie war fast bis zum Filter heruntergebrannt. Er drückte sie aus, dann sah er mich an.

»Ich bin noch nie gerne geflogen«, sagte er und lächelte. »Und trotzdem steig ich immer wieder in so ein Ding.«

Ich war in Hamburg aufgewachsen und nie länger weg gewesen, aber wenn David von der Fremde redete, konnte ich mir alles genau vorstellen: die bunten Casinos und die verlassenen Orte. Ich schmeckte den Staub und hörte die Autos auf den breiten Straßen, und ich sah den Mond über dem Meer.

Wir wohnten nur ein paar Straßen voneinander entfernt, aber an jenem Abend, am Tresen, wussten wir das noch nicht. Wir waren zwei Menschen, die sich zufällig in einer Kneipe getroffen hatten und sich beim Bier Gesellschaft leisteten.

In der ersten Zeit trafen wir uns eher zufällig, aber wir saßen jedes Mal lange zusammen. Nach einer Weile begannen wir, uns zu verabreden, und als ich ihm irgendwann erzählte, dass ich boxte, und er mit zum Training kam, entwickelte sich eine Freundschaft zwischen uns.

Der Boxclub befand sich im Keller unter einer Kneipe. Schon mein Vater hatte hier trainiert, und als ich noch klein war, wollte ich unbedingt Profiboxer werden. Der Raum war groß, in der Mitte war ein Ring aufgebaut, und im hinteren Bereich hingen ein paar Sandsäcke. Neben dem Eingang gab es eine Hantelbank, und außer an den zwei großen Spiegeln waren die Wände mit Plakaten von Boxkämpfen beklebt. Früher hatten hier namhafte Boxer trainiert, aber das war schon eine Weile her. Als David den Keller zum ersten Mal betrat, wirkte er wie ein verstaubtes Museum. Nachmittags und abends war immer viel los, aber David und ich trainierten meistens vormittags. Es roch dort unten nach Leder und Schweiß, und dann war da noch etwas anderes, ich weiß bis heute nicht, was.

David war schlank, aber muskulös, und man sah

ihm an, dass er regelmäßig trainierte. Wir begannen mit Aufwärmübungen, gingen zu Dehnübungen über und schließlich zum Boxtraining. Als Sparringspartner war er perfekt, und auch mit den Pratzen funktionierten wir gut. David hatte eine starke Linke, und er schlug gute Kombinationen, aber das Kontern bereitete ihm Probleme.

»Ich bin einfach zu langsam«, sagte er, »das war früher schon so.«

Wir standen in dem kleinen Umkleideraum, und David war dabei, seine Bandagen aufzurollen.

»Du bist nicht zu langsam«, sagte ich, »es liegt an deiner Beinarbeit. Das kriegen wir schon hin.«

Wir trainierten dreimal die Woche, aber es gab auch Zeiten, in denen wir uns nicht sahen. Manchmal ging ich dann allein zum Training, oder ich arbeitete an meiner Kondition. Am liebsten lief ich im Hafen, ich mochte es, wie die Schiffe und Kräne und Container an mir vorbeizogen, während ich schwitzte.

Mein Geld verdiente ich im Lager einer Eisenwarenhandlung. Die meisten Kunden kannten mich, und einige von ihnen wussten, dass ich boxte. Ich stellte gerade einem von ihnen eine Quittung für Schweißdraht aus, als er mir einen Flyer gab. Es war ein alter Mann, der eine Werkstatt für Oldtimer besaß.

»Könnte was für dich sein«, sagte er.

Es war Werbung für einen Boxkampf, der in einem Club unten an der Elbe stattfinden sollte – jeder, der wollte, konnte dort antreten.

»Hört sich gut an«, sagte ich und reichte ihm die Quittung.

Ich erzählte David beim Training davon.

»Ich hab noch nie vor Publikum geboxt«, sagte er.

»Ich auch nicht. Was denkst du?«, fragte ich.

»Ich denke, wir sollten an meiner Beintechnik feilen«, sagte er und kletterte durch die Seile hindurch in den Ring.

Wir hatten noch über einen Monat Zeit. Wir sahen uns Videos von Boxkämpfen an, und mindestens einmal die Woche trainierten wir für eine Stunde im alten Elbtunnel. Wir fuhren mit dem Fahrstuhl hinunter und liefen die Treppen hinauf. Es gab immer ein paar Touristen, die uns ungläubig beobachteten, und die Fahrstuhlwärter machten sich einen Spaß daraus, uns anzufeuern. Davids Fortschritte in dieser Zeit waren groß – es schien, als wäre ein Knoten geplatzt.

Ein paar Tage vor dem Kampf erschien er nicht zum Training. Ich vertrieb mir die Zeit mit Seilspringen und übte allein am Boxsack, und um ehrlich zu sein – ich genoss es auch ein wenig. Es war Wochen her, dass ich das letzte Mal allein dort unten gewesen war, und ich dachte an meinen Vater und daran, wie ich als kleiner Junge zum ersten Mal Boxhandschuhe getragen hatte. Ich erinnerte mich an das weiche Leder und den Boxsack, der sich kaum bewegt hatte, wenn ich ihn traf.

Nach dem Training rief ich David an, aber er nahm nicht ab, und als ich auf dem Nachhauseweg bei ihm läutete, machte er nicht auf. Ich wollte gerade gehen, als eine ältere Frau das Haus verließ. Ich trat ins Treppenhaus und lief langsam die Stufen hoch. David wohnte ganz oben, und als ich in der zweiten Etage war, ging das Licht aus. Ich brauchte einen Moment, bis ich den Schalter fand.

Als David die Tür öffnete, erschrak ich. Sein Gesicht war bleich, und er sah mich an, aber es war, als würde er durch mich hindurchsehen. Er trug eine Trainingshose und ein Unterhemd.

»David«, sagte ich, aber er antwortete nicht, stand ganz still in der Tür.

»Kann ich reinkommen?«

Es dauerte einen Moment, aber dann sagte er: »Ja, klar ... Komm rein.«

Er ging vor mir ins Wohnzimmer. Die Luft war stickig, und auf dem Tisch standen leere Bierflaschen. Ich setzte mich in einen alten Sessel.

»Willst du was trinken?«, fragte er.

»Hast du noch ein Bier?«, sagte ich. Er nickte und ging in die kleine Küche. Ich hörte, wie er den

Kühlschrank öffnete, dann das Klimpern von Flaschen.

Auf dem Tisch vor mir lagen ein paar Fotos. Auf einem sah man einen kleinen Jungen mit einer Angel, und auf einem anderen zwei Jungs, die in einem Ruderboot saßen. Einige der Fotos waren stark vergilbt.

David kam zurück und gab mir ein Bier.

»Mein Bruder«, sagte er. »Ist zwei Jahre jünger, aber ich hab ihn in den letzten Jahren kaum gesehen.«

Er ging zum Fenster und blickte hinaus.

»Wir hatten … Na ja, es war nicht immer einfach zwischen uns.«

Draußen war es dunkel, und in der Scheibe konnte ich Davids Spiegelbild sehen.

»Man denkt ja immer, man hat noch so viel Zeit. Ich wollte ihm schreiben oder ihn anrufen.«

Er war jetzt so dicht am Fenster, dass sein Atem die Scheibe beschlug.

»Als wir klein waren, so acht oder neun, da waren wir immer zusammen, wir hatten nur ein Zimmer.«

Er trank einen Schluck von seinem Bier. »Mein Bruder war jünger, aber damals hatte er nie Angst. Wenn wir abends im Dunkeln lagen, erzählte er mir manchmal Geschichten.«

Ich nahm das Bild mit den beiden im Boot. Jetzt

erkannte ich David sofort. Er war mit seiner Angel beschäftigt und blickte nicht in die Kamera.

»Es ist seltsam, aber wenn ich an ihn denke, sind wir noch immer Kinder – wir laufen über die Felder, sitzen abends am Feuer … Morgen wird er beerdigt«, sagte er, »er hat sich einfach aufgehängt.«

Als wir am nächsten Morgen das Haus verließen, wirkte das Viertel wie ausgestorben. Es hatte die ganze Nacht geregnet, aber jetzt trockneten die Straßen. David trug noch immer seine Trainingshose, und er hatte sich seine schwarze Sporttasche umgehängt. Als würde er zum Training gehen.

»Zum Kampf werd ich's wohl nicht schaffen«, sagte er. Wir warteten auf die S-Bahn zum Hauptbahnhof.

»Ich weiß grad nicht, was ich sagen soll«, sagte ich und umarmte ihn.

»Danke, dass du letzte Nacht da warst«, sagte er.

Und dann rollte die S-Bahn ein, und wir lockerten unsere Umarmung und blickten uns an. Ich hatte keine Geschwister, aber in diesem Moment, dort unten in der S-Bahn-Station, hatte ich eine Ahnung, wie es sich anfühlen musste, einen Bruder zu haben.

»Pass auf dich auf«, sagte ich, und David nickte und stieg in die Bahn.

Anna

Als Frank das Krankenhaus verließ, war die Sonne schon hinter den Bäumen verschwunden; es war kühl, und es regnete. Er fühlte sich müde und gleichzeitig vollkommen wach, und für einen kurzen Moment fragte er sich, wo er den Wagen abgestellt hatte, aber dann fiel ihm ein, dass er mit dem Rettungswagen gekommen war und sein alter Toyota vor seinem Haus stand. Er dachte an den Notarzt und wie lange die Fahrt zum Krankenhaus gedauert hatte.

Er nahm die Zigarettenschachtel aus der Innentasche seiner Jacke, schüttelte eine Zigarette heraus und zündete sie an. Eigentlich hatte er das Rauchen schon vor Monaten aufgegeben, aber während der langen Stunden auf dem Flur war er immer unruhiger geworden, bis er schließlich vor einem Zigarettenautomaten gestanden hatte. Als er den Rauch einsog, wurde ihm schwindelig, und kurz musste er sich an einen Pfeiler lehnen. Auf der gegenüberliegenden Straßenseite standen ein paar Taxis, zwei Fahrer lehnten an einem der Wagen und unterhielten sich miteinander, und vor einem Rolltor stand eine Gruppe von Rettungssanitätern, in roten Hosen und weißen T-Shirts.

Frank überlegte, ob er mit dem Taxi fahren sollte, aber dann lief er doch zur Bushaltestelle. Er spürte den Regen feucht und kühl auf seinem Gesicht. Es war Anfang Oktober, die meisten Bäume trugen noch Laub, aber in ein paar Wochen würde es kalt werden, und sie würden ihre Blätter abwerfen. Er dachte an den letzten Herbst. Anna und er waren für ein paar Tage an die See gefahren. Er dachte an die ausgedehnten Spaziergänge am Strand, den schweren Himmel und die Möwen. Sie hatten auf diesen Spaziergängen kaum geredet, waren schweigend am Ufer entlanggelaufen und hatten auf das Wasser geblickt, dem Geräusch der Brandung gelauscht. Das Haus, in dem sie gewohnt hatten, war klein gewesen, aber es hatte einen Kamin gegeben, und abends hatten sie dicht nebeneinander auf dem Sofa gesessen und in die Flammen geblickt.

Zischend öffneten sich die Bustüren, und Frank stieg ein. Der Fahrer nickte, Frank lief nach hinten und setzte sich auf einen Platz am Fenster. Die Luft war feucht, und die Scheiben waren beschlagen.

Frank wischte mit der Hand über das Glas, und als der Bus losfuhr, sah er noch einmal zum Krankenhaus hinüber. Das Gebäude wirkte irgendwie fehl am Platz, zu groß. Früher war es ihm kaum aufgefallen, aber im letzten Jahr war es zu einem festen Bestandteil seines Lebens geworden – die hellen Gänge, das Linoleum, der Geruch von Reinigungsmitteln. Während der Untersuchungen war er ziellos durch die Flure gewandert. Die Klinik war eine in sich geschlossene Welt, mit eigenen Gesetzen, und wenn er durch die Gänge lief, fühlte er sich weit weg von zu Hause.

Der Bus fuhr durch die Stadt, und Frank blickte auf die vorüberziehenden Gebäude. Die Lichter der Autos wirkten verschwommen durch die beschlagene Scheibe, und Frank wischte erneut über das Glas.

Als er ausstieg, war es dunkel, und es hatte aufgehört zu regnen. Er blickte zu einer Gruppe Männer, die vor einem Kiosk standen und Wein aus Tetrapaks tranken. Einer von ihnen hatte sich zu einem Hund heruntergebeugt – einem schwarzen Mischling –, und während die anderen Männer redeten und lachten, streichelte er ihm über den Kopf. Frank fragte sich, was der Mann wohl dachte und ob er eine Wohnung hatte.

Frank lief langsam die Straße entlang. Er wohnte schon seit fast fünf Jahren in dem Viertel, zusammen mit Anna. Er kam an dem kleinen Gemüseladen vorbei und dem Kiosk, in dem er jeden Morgen seine Zeitung kaufte. Da waren die alte Schlosserei und der kleine Park, wo tagsüber Mütter mit ihren Kindern spielten.

Frank schloss die Wohnungstür auf, machte Licht, hängte seine Jacke an die Garderobe und ging in die Küche. Im Waschbecken stand noch das Geschirr vom Vorabend, und er begann mit dem Abwasch. Als er fertig war, setzte er sich an den Tisch. Es war still in der Wohnung, nur das Rauschen der Wasserleitung war zu hören. Wie viele Stunden hatte er schon an diesem Tisch gesessen und gewartet.

Früher waren Anna und er viel unterwegs gewesen, hatten sich mit Freunden getroffen, waren gemeinsam ins Kino gegangen, aber seit dem letzten Herbst hatte sich ihr Leben grundlegend verändert. Und in gewisser Weise war ihm dieser Ort fremd geworden. Er kam ihm vor wie ein Warteraum oder eine Schalterhalle im Bahnhof. Er stand auf und öffnete das Fenster. Der würzige Geruch von Hopfen lag in der Luft, er hörte einen Hund bellen, das Starten eines Motors. Er blickte zur Straße hinunter, zu seinem alten Toyota. Er war ihm vor ein paar Jahren gestohlen worden, war aber nach einer Woche wiederaufgetaucht. Der Tank war fast leer gewesen und das Zündschloss defekt, aber ansonsten war der Wagen vollkommen in Ordnung gewesen. Frank hatte sich oft ausgemalt, wer ihn gestohlen und wer ihn gefahren haben mochte. Er hatte an ein Liebespaar gedacht und an kriminelle Machenschaften.

Frank war in den letzten Monaten oft alleine gewesen, aber jetzt, wo er am Fenster stand und auf die dunklen Häuser blickte, fühlte er sich zum ersten Mal wirklich einsam und verloren. Er dachte an Anna, an das Krankenhauszimmer und an den jungen Arzt.

»Sie können jetzt erst mal nach Hause gehen«, hatte er gesagt und genickt. Er hatte Frank die Hand auf die Schulter gelegt.

Frank lief langsam die Treppe hinunter. Er hatte geduscht und sich umgezogen, und der Geruch der frischen Kleider erinnerte ihn an früher. Der Hafen war ein gutes Stück entfernt, aber als Frank das Haus verließ und über das Pflaster zu seinem Wagen ging, konnte er die Geräusche der Docks deutlich hören. Der Hafen war auch der Grund, warum es hier niemals ganz dunkel wurde. Der Toyota stand im Licht einer Straßenlaterne, er war fast fünfzehn Jahre alt und an einigen Stellen schon verbeult, aber er hatte Frank noch nie im Stich gelassen. Bevor er Anna kennengelernt hatte, war er mit dem Wagen in Italien gewesen und in Griechenland – es war schon so lange her, dass es ihm vorkam wie eine Geschichte.

Frank setzte sich ans Steuer, startete den Motor und umfasste das kühle Lenkrad. Er setzte ein Stück zurück und fuhr los. Zuerst nahm er nur Straßen in seinem Viertel, dann vergrößerte er den Radius, fuhr auf breiteren Straßen durch die Stadt. Es war fast Mitternacht, als er sich der Reeperbahn näherte. Er musste wieder an Anna denken. Sie hatten sich dort vor acht Jahren kennengelernt. Er hatte die Nacht nur noch verschwommen in Erinnerung, aber den Namen der Kneipe hatte er nicht vergessen: *Zum glühenden Anker.*

Frank fuhr an der Elbe entlang, an der Fischauktionshalle und den Landungsbrücken. Dann lenkte er den Wagen in eine kleinere Straße; es dauerte fast zehn Minuten, bis er einen Parkplatz fand. Er schaltete den Motor ab und saß einfach so da. Er hatte nicht vorgehabt hierherzukommen, und er wusste nicht, was er jetzt tun sollte.

Als sie sich kennenlernten, hatte Anna in einem Kaffeeladen gearbeitet und nicht weit entfernt in einem alten Backsteinbau gewohnt. Als er jetzt an dem Gebäude vorbeikam, kam ihm das alles sehr weit weg vor. Er blickte hinauf zu ihrer Wohnung. Dort, wo Annas Schlafzimmer gewesen war, brannte Licht, und plötzlich fühlte er sich müde und leer. Er dachte darüber nach, wieder ins Krankenhaus zu fahren, aber er wusste, dass sie ihn um diese Zeit nicht zu ihr lassen würden.

Frank stand im trüben Licht der Straßenlaternen vor der Kneipe. Das Schild sah noch genauso aus, wie er es in Erinnerung hatte. Er hatte den Laden nur ein einziges Mal betreten. Es war eine jener Kneipen, von denen es nur noch wenige auf St. Pauli gab. Er sah, wie sich hinter den Fenstern Menschen bewegten. Er öffnete die schwere Holztür und betrat die Kneipe. Am Tresen saß ein alter Mann in einem grauen Anzug, er unterhielt sich mit der Kellnerin und rauchte eine Zigarette. Die Kellnerin nickte freundlich, und Frank lief am Tresen vorbei, setzte sich an einen Tisch am Fenster.

»Was darf's sein?«, fragte die Frau.

»Ein Bier«, sagte Frank.

In seiner Erinnerung war die Kneipe kleiner gewesen und die Luft schlechter, aber er hatte in jener Nacht ziemlich viel getrunken. Anna und er hatten sich dort zum ersten Mal geküsst, und während sie eng umschlungen auf der harten Holzbank gesessen hatten, war draußen die Sonne aufgegangen. Die Anna von damals war eine andere gewesen, laut, selbstbewusst, mit leuchtenden Augen.

Frank trank einen Schluck von seinem Bier und blickte auf die Straße. Acht Jahre waren eine lange

Zeit, aber wenn er jetzt zurückblickte, schrumpften sie auf ein paar Bilder zusammen: Anna hinterm Tresen in dem Kaffeeladen, Anna mit farbverschmiertem Gesicht bei der Renovierung der Wohnung.

Als sein Bier leer war, brachte die Kellnerin ein neues, und Frank bestellte noch einen Weißwein. Er saß da und trank sein Bier, und als er die Kneipe verließ, stand der Wein noch immer auf dem Tisch.

Fernsehen

Peter lebt heute immer noch, auch wenn die Ärzte ihm damals nur noch ein paar Wochen gaben. Er ist Wassermann wie ich, und er hat eine Vorliebe für Hans Albers. Hin und wieder besuche ich ihn; ich mache mir dann einen Kaffee, und er trinkt seinen Weinbrand. Er beschwert sich über die Pfleger, und jedes Mal fragt er, ob ich meinen neuen Job nicht an den Nagel hängen will.

»Diese Pieptüten bringen mich noch unter die Erde«, sagt er, schwenkt sein Glas, lächelt. »Ich brauch hier jemanden, der was vom Leben versteht.«

Ich hatte nie vorgehabt, bei einem ambulanten Pflegedienst zu arbeiten, aber die Zeiten waren nicht besonders gut. Ich schickte Bewerbungen los, und ein paar Wochen später kamen sie zurück; schließlich bewarb ich mich auf alles Mögliche.

Unser Einzugsgebiet beschränkte sich auf St. Pauli, und da ich einer der wenigen männlichen Pfleger war, bekam ich die Spezialaufträge: Alkoholiker oder Junkies, die nicht selten jünger waren als ich. Es gab einen ehemaligen Obdachlosen, der in einer Kellerwohnung lebte, beide Beine waren amputiert, und er rauchte, als würde ihm die Zeit davonlaufen. Und dann war da ein Junkie, der seine Nächte in den einschlägigen Kneipen verbrachte und die Tage nutzte, um sein Mobiliar zu zertrümmern.

Ich hatte täglich zwischen zwölf und fünfzehn Einsätze – Einkäufe erledigen, Medikamente verabreichen, Verbände wechseln. Für einige Wohnungen hatte ich Schlüssel, bei anderen musste ich läuten. Mehrere Male musste ich die Feuerwehr rufen und Türen aufbrechen lassen; zweimal kam ich zu spät. Ich habe mich oft gefragt, wie diese Beerdigungen abgelaufen waren, wie die Gräber ausgesehen haben und ob es dort einen Pfarrer gegeben hatte. Ich bin nicht gläubig, aber trotzdem hätte es mich beruhigt.

Für Peters Wohnung hatte ich einen Schlüssel, und als ich sie zum ersten Mal betrat, warf er mit einem Bierglas nach mir.

»Schon mal was von ’ner Klingel gehört, du

Pappnase?«, sagte er und nahm einen Schluck aus der Bierflasche.

Die Wohnung war klein und vollgestellt, die Tapeten waren vergilbt. Er saß vornübergebeugt auf einer Couch, der Fernseher lief, aber der Ton war abgestellt.

»Was ist los, bist du versteinert? Ich brauch ein neues Glas«, sagte er und deutete auf die Schrankwand. »Außerdem bist du viel zu spät.«

Der Einsatz bei Peter bestand darin, ihm seine Medikamente zu verabreichen. Sie waren in einer silbernen Metallkassette eingeschlossen – eine Maßnahme, die die Patienten daran hindern sollte, alle Tabletten auf einmal zu nehmen. Ich war täglich bei ihm, meistens nicht länger als fünf Minuten, und es lief immer ähnlich ab.

Peter hatte nie Besuch, und in seiner Akte waren keine Angehörigen vermerkt, auch in der Station war nicht viel über ihn bekannt. Um ehrlich zu sein, es hätte mich nicht interessiert. Der Job war von Anfang an eine Übergangslösung gewesen; ich war immer noch auf der Suche. Das änderte sich auch nicht, als er ins Krankenhaus kam. So was gehörte nun mal dazu, und die Tour änderte sich ohnehin täglich.

Manchmal frage ich mich, was passiert wäre, hätte ich mich für einen anderen Job entschieden. Im Grunde ist mir bewusst, dass man völlig austauschbar ist, und trotzdem bin ich mir sicher, dass die Dinge anders verlaufen wären.

Als Peter aus dem Krankenhaus kam, war er wie ausgewechselt. Wenn ich die Wohnung betrat, sagte er kein Wort. Er hatte über zehn Kilo abgenommen, seine Haut war wächsern und sein Blick trüb. Jetzt kümmerte ich mich auch um die Einkäufe und das Geschirr. Ich kaufte Dosensuppen und andere Fertiggerichte, aber er verlor immer weiter an Körpergewicht. Das ging fast zwei Wochen so. Ich begann Kuchen zu besorgen, Joghurt und Schokolade, aber auch davon wollte er nichts wissen. Ich sagte ihm, dass er essen müsse, aber er sah mich nicht einmal an.

Außer mir besuchte ihn nur sein Hausarzt, ein untersetzter Mann mit Brille kurz vor dem Ruhestand. Ich kannte ihn von einem anderen Patienten.

»Die Leber«, sagte er, als ich ihm einmal im Hausflur begegnete. »Völlig hinüber, ist alles nur noch eine Frage der Zeit.«

Ich hatte damals noch keinen Toten gesehen und rechnete täglich damit. Aber das war es nicht, was mich beunruhigte. Wovor ich Angst hatte, war, dabei zu sein, wenn jemand starb. Und trotzdem blieb ich jeden Tag länger bei Peter, wärmte die Fertiggerichte auf, warf das Essen vom Vortag weg, spülte das Geschirr, saugte die Wohnung. Während ich herumwuselte, bewegte sich Peter nicht vom

Fleck, er hatte aufgehört, sich zu rasieren und trug immer denselben blauen Trainingsanzug. Ich glaube, dass er auch die Nächte auf der Couch verbrachte. Immer wieder wollte ich ein Gespräch mit ihm anfangen. Ich versuchte es mit dem Wetter, ich versuchte es mit Fußball, aber es war aussichtslos.

Die Sachen für Peter besorgte ich in einem Walmart. Der Laden war riesig, und ich kam mir lächerlich vor, wenn ich durch die hell beleuchteten Gänge lief und Lebensmittel in den Einkaufswagen legte. Mir kam alles irgendwie lächerlich vor, meine ganze Arbeit.

Es gibt ein Bild aus dieser Zeit, das ich noch heute klar vor Augen habe. Peter wohnte in einem Altbau, und vor seinem Küchenfenster stand eine Buche. Es war Herbst, und die Blätter waren knallrot, es sah aus, als stünde der Baum in Flammen. Jemand hatte Meisenknödel an die Zweige gehängt, und ich stand oft dort am Fenster und beobachtete, wie die Vögel zwischen dem Laub hin und her sprangen und ihre kleinen Köpfe bewegten. Diese Tiere hatten etwas Tröstendes an sich – sie strahlten Leben aus zwischen all diesen Gestalten.

»Ich bin einfach abgehauen«, sagte er. Ich hörte sein Feuerzeug klicken, dann atmete er aus.

Ich stand im Flur, ich hatte meine Jacke schon angezogen und wollte gerade die Wohnung verlassen.

»Ich weiß nicht, warum … Ist 'ne Ewigkeit her. Bin einfach weg.«

Ich ging Richtung Wohnzimmer und blieb in der Tür stehen. Er blickte zum Fernseher.

»War alles gut. Haus, Job. Sonja war vier. Ein schönes Mädchen, ganz die Mutter.« Er zog an seiner Zigarette, dann sah er zu mir, aber er wirkte abwesend.

»Ich hatte Angst, weiß nicht, wovor, irgendwie …«, er stockte. »Ich war seitdem nicht mehr dort, aber seit ein paar Tagen habe ich wieder den Geruch der Felder in der Nase.«

Ich trat in den Raum und setzte mich auf einen Sessel. Er hielt mir seine Zigarettenschachtel hin, ich nahm eine, und er gab mir Feuer.

»Zweiundwanzig Jahre«, sagte er, »Scheiße.«

Ich blieb bis zum späten Abend. Er erzählte, und draußen wurde es langsam dunkel, ein paarmal klingelte das Telefon – aber wir ignorierten es. Zum ersten Mal, seit ich dort arbeitete, hatte ich das Gefühl, etwas tun zu können.

Als ich bei Peter ankam, stand er schon vor dem Haus. Er trug eine schwarze Lederjacke und eine Jeans, er war rasiert und hielt einen kleinen braunen Lederkoffer in der Hand. Er wirkte wie ein anderer Mensch. Ich kam direkt neben ihm zum Stehen und kurbelte das Fenster herunter.

»Sie haben einen Wagen bestellt?«, sagte ich, Peter lächelte.

Als wir den Elbtunnel hinter uns gelassen hatten, schaltete ich das Radio ein; es lief ein Song von Bruce Springsteen. Der Himmel war grau, und es nieselte, von den Autos, die über die Köhlbrandbrücke fuhren, konnte man nur die Lichter erkennen. Ich blickte zu Peter, der aus dem Fenster sah, seine Hände lagen auf seinem Schoß. Ich weiß nicht, warum, aber ich musste ihn mir in dem Moment als kleines Kind vorstellen.

»Ist 'ne Weile her, dass ich das alles gesehen hab«, sagte er, und dann sagte er eine ganze Zeit nichts mehr.

Mein alter, klappriger VW schnurrte, die feuchte Autobahn glänzte im Scheinwerferlicht. Ich wusste nicht, ob der Wagen die Strecke schaffen würde, aber es war mir egal.

Die Werkstatt

Ziegler erwacht, bevor der Wecker klingelt. Er schiebt die Decke zur Seite, steht auf und tritt ans Fenster. Es ist noch dunkel, und im Schein einer Lampe huscht eine Katze über den Hof. Sie läuft dicht an der Hauswand entlang und verschwindet zwischen den Mülltonnen. Ziegler geht zu dem Stuhl neben der Tür, nimmt den Arbeitsoverall von der Lehne, zieht ihn an und geht in die Küche. Er schaltet das Licht an, gibt Wasser und Kaffeepulver in die Maschine, dann geht er auf die Toilette. An dem Tisch in der Küche steht nur ein einziger Stuhl, er bekommt hier oben selten Besuch. Er ist nur zum Schlafen in der Wohnung.

Der Kaffee ist durchgelaufen, und Ziegler gießt ihn in eine ungespülte Tasse. Er setzt sich an den Tisch und blickt zur Werkstatt hinunter. Er führt sie seit fünfzehn Jahren, und sie läuft ziemlich gut.

Es ist November, vor ein paar Tagen sind die Temperaturen zum ersten Mal unter null gefallen. Ziegler betritt die Werkstatt und macht Feuer in dem kleinen Ofen. Er lauscht dem Knacken der Holzscheite und wärmt sich die Hände. Durch das trübe Glas der Werkstattfenster fällt das erste Licht des Tages, und Ziegler denkt an die Arbeit, die vor ihm liegt.

Ein alter Mercedes steht auf der Hebebühne. Der Auspuff ist hinüber, aber ansonsten ist der Wagen in einem guten Zustand. Früher, als er jung war, hatte er von einem solchen Wagen geträumt. Aber der Lohn auf der Werft hatte nur für ein Moped gereicht. Er zieht die Schutzbrille an, nimmt den Winkelschleifer vom Werkstattwagen und trennt die verrosteten Schrauben dicht unter den Köpfen ab. Der Auspuff löst sich, und Ziegler wirft ihn in den Schrottkübel.

Gegen elf Uhr macht er eine kurze Pause. Er sitzt auf der Bank vor der Werkstatt, raucht eine Zigarette. Er denkt an die Schwalben, die den Sommer über an der Hauswand unter den Regenrinnen genistet haben, und dann denkt er an seine Zeit auf See, in der die kleinen Vögel oft die Vorboten einer Insel waren. Er erinnert sich an die großen Hafenstädte, in denen er gewesen ist – an Rotterdam, Baltimore und Singapur. Er hört das Dröhnen der Verladekräne und das Kreischen der Möwen, und er sieht die Lichter, die sich in den Nächten auf der Wasseroberfläche spiegelten.

Ziegler wechselt die Lichtmaschine an einem Volvo. Es ist ein roter Amazon, Baujahr achtundfünfzig, und als er fertig ist, poliert er mit einem Lappen die silberne Stoßstange. Er betrachtet die runden Scheinwerfer und den verchromten Kühlergrill. Der Besitzer hat ihm erzählt, dass der Wagen fast zehn Jahre in einer Garage gestanden habe, und Ziegler versucht, sich den roten Lack unter einer dicken Staubschicht vorzustellen. Ziegler setzt sich hinters Steuer und fährt den Volvo auf den Hof.

Am frühen Nachmittag beginnt es zu regnen, und Ziegler steht am Fenster und blickt nach draußen, zu den Wagen, die er noch vor sich hat. Er sollte einen Mechaniker einstellen, aber es ist nicht einfach, jemanden zu finden, der sich auch mit den ganz alten Autos auskennt. Und der Gedanke, ständig jemanden um sich zu haben, beunruhigt ihn. Seit fast fünfzehn Jahren arbeitet er hier alleine in der Werkstatt.

In der Ferne trübt sich der Hafen unter den Wolken ein. Ziegler schaltet herunter, gibt Gas und blickt in den Rückspiegel. Er lauscht dem Brummen des Motors, bremst leicht und schaltet wieder einen Gang hoch. Bei den Probefahrten bleibt er meistens im Viertel, aber jetzt, am Feierabend, fährt er die

Elbe entlang Richtung Westen. Rechts von der Straße stehen große Häuser mit schmiedeeisernen Toren. Als Junge haben ihn diese Gebäude fasziniert, die großen gepflegten Gärten, die bekiesten Auffahrten, die hell getünchten Fassaden. Der Motor läuft rund, es hat aufgehört zu regnen, und die Scheibenwischer quietschen.

Ziegler parkt den Wagen vor der Werkstatt. Er steigt aus und blickt zu den erleuchteten Fenstern des Hinterhauses hinauf, die in der Dunkelheit zu schweben scheinen. Als er die Werkstatt vor Jahren angemietet hat, bot ihm der Vermieter auch eine Wohnung an. Bis dahin hatte Ziegler die meiste Zeit in Hotels gewohnt, und der Gedanke an eine Wohnung hatte ihm gefallen. Er schließt den Wagen ab und tritt durch die dunkle Hofeinfahrt auf die Straße.

Er läuft an der großen Baulücke vorbei, wo bis vor Kurzem noch die alte Brauerei gestanden hat. Männer mit gelben Helmen bewegen sich langsam im Licht der Flutscheinwerfer, und das gedämpfte Motorengeräusch eines Baggers dringt zu ihm herüber. Er denkt an den Turm mit dem roten Schriftzug, den man von der Elbe aus sehen konnte. Ein Bekannter von ihm hat jahrelang hier gearbeitet, aber er hat ihn schon seit einer Ewigkeit nicht mehr gesehen, fragt sich, ob er überhaupt noch lebt. Er läuft an dem kleinen Park vorbei, wo sich früher die Schauerleute nach der Arbeit trafen, und dann blickt er zu der erleuchteten Kuppel des Hafentheaters hinüber. Aus der Entfernung sieht das Gebäude aus wie ein riesiger Käfer.

Ziegler sitzt an dem kleinen Tisch in der Ecke. Er hat den Tag über kaum etwas gegessen, und erst jetzt merkt er, wie hungrig er ist. Seit Jahren kommt er täglich zum Abendessen. Karin bringt ihm seinen Teller und stellt ihn auf den Tisch.

»Lass es dir schmecken«, sagt sie und geht an den anderen Gästen vorbei zurück zum Tresen. Die Kneipe ist immer gut besucht, aber Karin ist fast so alt wie er selbst, und er hat sich schon oft gefragt, wo er essen würde, wenn sie irgendwann einmal schließen sollte.

Ziegler schließt die Wohnungstür hinter sich. Er läuft durch den dunklen Flur in die Küche. Er tritt ans Fenster und blickt über die Dächer der Häuser, hinter denen der Hafen liegt. Das Fenster ist angekippt, aber bis auf die Geräusche einzelner Autos ist nichts zu hören. Er schüttelt eine Zigarette aus der Schachtel, und als er sie anzündet, spiegelt sich die Flamme des Feuerzeugs in der Scheibe. Der Volvo steht noch immer vor der Werkstatt, er wird erst morgen abgeholt. Vor ein paar Jahren wäre er jetzt vielleicht hinuntergegangen, hätte den Wagenschlüssel aus dem Safe genommen und wäre die halbe Nacht durchs Viertel gefahren. Ziegler zieht an der Zigarette. Er steht noch einen Moment am Fenster, dann schließt er es und geht ins Schlafzimmer.

Glück

Samir wettete auf alles, auf Boxkämpfe, Pferderennen und Fußballspiele. Er wettete auf Eishockey und amerikanischen Baseball. Manchmal gewann er, aber verglichen mit den Einsätzen waren die paar Euros ein Witz, und meistens verspielte er das Geld noch am selben Abend in einer der Automatenspielhallen auf der Reeperbahn. Seine Frau hatte ihn verlassen, er schuldete einer Menge Leute Geld, er hatte sein Auto verkauft, seinen Job verloren, und manchmal kam es ihm vor, als wäre das Glück sein persönlicher Gegner. Aber all das hinderte ihn nicht daran weiterzumachen. Und momentan sah es nicht einmal schlecht aus.

Er stand im Neonlicht eines Wettbüros, sein Herz hämmerte in seiner Brust, und er blickte gebannt zu einem der Bildschirme hinauf. Ein Hunderennen flimmerte über den Schirm. Er hatte auf einen Außenseiter getippt, Fallen Angel, einen schmutzig grauen Windhund mit dunklen Pfoten. Der Hund war auf der Vier gestartet, und anfangs hatte er Schwierigkeiten gehabt, aber gerade arbeitete er sich langsam nach vorne. Samir fühlte sich, als könnte er jeden Moment abheben. Jeder Muskel in seinem Körper war angespannt. Er hatte eine beträchtliche Summe auf Sieg gesetzt, und wenn er verlieren würde, wäre er auf eine der Suppenküchen angewiesen. Der Hund war noch im Hauptfeld, das von einem weißen Greyhound angeführt wurde, aber jetzt brach er aus. Die Hunde liefen auf den Schlussbogen zu, und Fallen Angel näherte sich dem Führenden. Er hatte ihn fast eingeholt, als sich ein weiterer Verfolger aus dem Feld löste und sich Fallen Angel und dem Greyhound näherte. Und dann waren alle drei auf gleicher Höhe. Samir hielt den Wettschein fest in seiner Hand, er hielt die Luft an, und ihm wurde schwindelig. Der Bildschirm war zu klein, um zu erkennen, wer führte. Er trat einen Schritt näher, aber auch, als sie über die Ziellinie schossen, konnte er nichts erkennen.

»Fünftausendvierhundertdreißig«, sagte die Frau am Schalter, »wie wollen Sie es haben?«

Samir sagte nichts. Er sah die junge Frau an, die gedankenverloren auf einen Bildschirm blickte. Als sie aufsah, lächelte sie.

»Große Scheine?«, fragte sie, und er nickte.

Samir kam aus einem kleinen Dorf in der Nähe von Sarajevo. Er und seine Frau hatten es verlassen, kurz bevor der Krieg ausgebrochen war, aber seine Frau war vor ein paar Jahren zurückgegangen.

»Du gehörst hier nicht hin«, hatte sie gesagt, »diese Stadt ist nichts für dich.«

Bis zum Schluss hatte sie gewollt, dass er mitkam, aber Samir hatte geschwiegen und an Boxkämpfe gedacht, an Pferderennen und Fußballspiele. Als sie schließlich die Wohnungstür hinter sich geschlossen hatte, um einen Linienbus zurück nach Sarajevo zu nehmen, blieb er wie gelähmt in der Küche sitzen. Er wollte ihr hinterher, aber er brachte es nicht fertig, und als der Bus schon lange abgefahren war, saß er noch immer in der Küche. Er saß dort, bis es dunkel wurde.

Fünftausendvierhundertdreißig Euro. Samir hatte noch nie so viel Geld auf einmal gewonnen. Er lief über die Reeperbahn, durch das dichte Gedränge der Menschen, die vor Kneipen standen, lachten, tranken und grölten. Er hörte die Sirenen der Rettungswagen und das Hupen der Taxen, und er spürte, wie sich der Nebel als dünner Film auf seine Haut legte. Er überlegte, ob er nach Hause gehen sollte. Mit dem Geld könnte er einen Großteil seiner Schulden bezahlen. Er könnte sich einen Job suchen, und vielleicht könnte er sich sogar irgendwann wieder ein Auto leisten. Aber als er an seine Wohnung dachte, verwarf er den Gedanken. Früher hatte er gerne dort gelebt und in dem kleinen Wohnzimmer gesessen und ferngesehen, aber mit seiner Frau war noch etwas anderes verschwunden. Die Stille machte ihn nervös. An manchen Tagen war sie so präsent, dass sie ihm wie ein Geräusch vorkam.

Samir bewegte sich langsam durch das trübe Licht der Neonschilder. Er musste an Sarajevo denken, an die Berge und den Geruch und daran, wie er als junger Mann durch die Straßen und Gassen der Stadt gezogen war. Er hatte damals studieren wollen, um später als Lehrer zu arbeiten, und er hatte die Stadt geliebt, die milden klaren Sommernächte. In Hamburg war der Himmel meistens bedeckt, und in den Nächten sah man nur selten die Sterne.

Samir betrat einen kleinen Kiosk. Als er die Tür öffnete, erklangen Glocken, und obwohl es auf der Straße von Menschen nur so wimmelte, war der Laden leer. Hinter der Theke stand ein kleiner, runder Mann, und Samir kaufte eine Schachtel Zigaretten.

Als er vor Jahren in der Stadt angekommen war, konnte er in den Nächten oft nicht schlafen, und manchmal war er dann zur Elbe hinuntergelaufen, hatte sich auf ein Geländer gesetzt und eine Zigarette geraucht. Er hatte stundenlang auf den Fluss geblickt und den Geräuschen der Stadt gelauscht, und manchmal war er noch dort, wenn es schon hell war, der Mond sich nur noch schwach am Himmel abzeichnete und die ersten Möwen kreischend ihre Bahnen zogen. Zu dieser Zeit saßen oft Angler auf der Hafenmauer, und Samir hatte ihnen zugesehen, wie sie die Köder befestigten und ihre Ruten auswarfen. Er hätte sich gerne zu ihnen gesellt, aber er sprach schlecht Deutsch und schämte sich dafür.

Das Casino auf der Reeperbahn war ein schmales weiß gestrichenes Gebäude. Im Erdgeschoss gab es hauptsächlich Glücksspielautomaten, aber oben konnte man Blackjack spielen und Roulette. Das Casino hatte keine Kleiderordnung, und es war meistens überfüllt. Samir war nur selten hier gewesen, und wenn, dann hatte er einen der Automaten bedient. Jetzt saß er an der Bar und blickte zum Blackjack-Tisch hinüber, beobachtete die Männer und Frauen, die gebannt auf den Croupier schauten. Samir schätzte ihn auf Anfang dreißig, ein drahtiger Bursche mit dunklen, kurzen Haaren und kantigen Gesichtszügen; seine Bewegungen wirkten routiniert und fließend. Samir nahm einen Schluck von seinem Bier und stellte die Flasche auf das glatte Holz des Tresens. Er fragte sich, ob der Mann seinen Job mochte und ob er eine Familie hatte. Aber er konnte sich ihn nicht beim Schieben eines Kinderwagens vorstellen.

Wenn er an Bosnien dachte, waren da immer die Flüsse und die Berge und der Wald. In seiner Kindheit hatte er niemals von dort weggehen wollen, und als er seine Frau kennenlernte und von einer Stelle als Lehrer träumte, hatte er schon nach Häusern gesucht. Er wollte in einer kleinen Schule unterrichten und sich ein paar Hühner halten und abends auf einer Bank sitzen und über die Felder blicken. Und nun war er in Deutschland und verbrachte seine Zeit in Wettbüros und Spielcasinos, während die Erinnerungen an seine Frau immer blasser wurden.

Samir bestellte sich ein neues Bier. Die Luft war stickig, und die Stimmen der Gäste hüllten ihn ein. Er nahm die Flasche und stand auf; während er zu einem der Automaten hinüberging, spürte er sie schwer und kühl in seiner Hand. Er warf etwas Geld ein, und im selben Moment erklang eine Melodie. Er stellte die Flasche auf den Automaten, setzte sich und blickte auf den blinkenden Bildschirm. Er drückte ein paar Tasten, und die Melodie veränderte sich.

Samir lief eine breite Straße entlang, er spürte den Alkohol, und er sah zu den Lichtern des Busbahnhofs hinüber. Es dämmerte, der Himmel schimmerte rot über den Dächern, und in den Bäumen etwas abseits der Busse hockten Krähen. Auf der Straße fuhren ein paar Autos, und in einiger Entfernung hörte er das Rattern von Zügen. Er stellte sich seine Frau vor, wie sie mit gepackten Koffern auf einer der Bänke saß. Er wusste, dass ihr die Rückkehr nicht leichtgefallen war und dass sie sich davor gefürchtet hatte. Samir hatte diese Gedanken immer verdrängt, aber jetzt, wo er all die Busse sah, fühlte er sich feige. Er hätte sie niemals gehen lassen dürfen.

Auf den Leuchtanzeigen neben den Bussen standen Namen von großen europäischen Städten – Berlin, Barcelona, Istanbul. Samir hatte Hamburg seit Jahren nicht verlassen, und während er an den Reisenden vorbeilief, die mit ihren Koffern auf die Abfahrt warteten, kam ihm das absurd vor.

Einige der Fahrgäste waren noch dabei, ihr Gepäck in den Fächern über den Sitzen zu verstauen, aber der Motor lief schon, und Samir spürte das Brummen im ganzen Körper. Ein vertrauter Geruch hing in der Luft, und zum ersten Mal seit langer Zeit verstand er alle Gespräche um sich herum. Er saß am Fenster, und er trug immer noch seine Jacke. Draußen war es jetzt hell, und der Himmel war klar. Vor dem Bus mühte sich ein Junge mit seiner großen Tasche ab. Als seine Mutter ihm helfen wollte, schüttelte er den Kopf, und während Samir die beiden beobachtete, musste er lächeln.

Als der Bus wenig später losfuhr, musste er an die Worte seiner Frau denken: Diese Stadt ist nichts für dich. Er hatte immer gedacht, dass sie das Land gemeinsam verlassen würden – in einem eigenen Wagen und vielleicht mit einem Kind. Er hatte sich vorgestellt, wie sie an den Sonnenblumenfeldern vorbeifuhren und das Dorf aus der Ferne sahen.

Samir blickte auf die vorbeiziehenden Häuser, und mit einem Mal wurde er müde. Er schloss die Augen. Er spürte das Schaukeln des Busses, und dann sah er die Rennbahn. Er sah das schmutzig graue Fell und die dunklen Pfoten und den schmalen Körper, der zu schweben schien.

Abschied

Ich lebte mit meinem Vater zusammen, aber als ich zwölf war, fing er auf einer Bohrinsel an, und ich zog zu meinen Großeltern. Ich mochte sie, aber sie wohnten in einem kleinen Ort an der Küste, und mit dem Auto brauchte man fast zwei Stunden bis dorthin. Ich musste auf eine neue Schule und würde meine Freunde nur noch sehr selten sehen. Aber mein Großvater besaß ein kleines Boot mit einem Außenborder und außerdem einen Hund – und mein Vater wollte die Arbeit höchstens zwei Jahre lang machen.

Unser letztes Wochenende verbrachten mein Vater und ich gemeinsam. Der Sommer hatte gerade erst angefangen, und als ich morgens in die Küche kam, war er schon wach. Er saß am Küchentisch, trank Kaffee und blätterte in der Zeitung. Er trug eine Trainingshose und ein Unterhemd. Er hatte schon geduscht, und seine schwarzen Haare waren ordentlich nach hinten gekämmt.

»Guten Morgen«, sagte er und faltete die Zeitung zusammen.

Ich füllte eine Schale mit Cornflakes und übergoss sie mit Milch. Dann begann ich zu essen, aber ich war nicht besonders hungrig.

»Was meinst du, was sollen wir heute unternehmen?«, fragte er.

»Weiß nicht«, sagte ich.

»Wir könnten zur Trabrennbahn«, sagte er. »Da ist heute ein Rennen.«

Wir waren schon ein paarmal dort gewesen und hatten uns die Rennen angesehen, aber in letzter Zeit hatte mein Vater am Wochenende immer gearbeitet.

»Was denkst du?«, fragte er und lächelte mich an. »Ich muss noch den Wagen aus der Werkstatt holen, du kannst währenddessen ja schon mal deine Tasche packen.«

Unsere Wohnung war nicht besonders groß, aber von meinem Zimmer aus konnte ich die Elbe sehen. Ohne meinen Schreibtisch und die Poster wirkte es klein. Die meisten Sachen waren schon bei meinen Großeltern, aber einen Teil meiner Kleider und die Bücher, die ich mitnehmen wollte, musste ich noch zusammensuchen. Mein Vater hatte mir oft vorgelesen, und auch wenn ich inzwischen die meisten Bücher selbst las, wusste ich, dass ich es vermissen würde.

Als wir ankamen, hatte das Rennen schon angefangen, und als wir auf dem Parkplatz aus dem Wagen stiegen, hörte ich die Stimme des Ansagers. Obwohl es Samstag war, war auf der Tribüne kaum etwas los. Aber der Platz vor der Bahn war voll.

»Ich hol mal eine Rennzeitung«, sagte mein Vater und verschwand in der Menge.

Ich ging nach vorne bis zum Geländer und blickte über die Bahn. Die ersten beiden Rennen waren bereits zu Ende, aber hinten bei den Ställen konnte ich ein paar Pferde sehen. Da war auch ein Traktor, und neben den Stallungen standen Pferdeanhänger und Geländewagen.

Nach einer Weile kam mein Vater mit einer Zeitung und einem Bier zurück. Er stellte das Bier aufs Geländer und blätterte in der Zeitung.

»Dark Moon«, sagte er. »Im nächsten Rennen. Ich glaub der hat gute Chancen.«

Er nannte noch ein paar andere Namen, aber am Ende setzten wir auf Dark Moon. Wir setzten nicht viel. Mein Vater füllte den Schein aus. Ich brachte ihn zum Wettschalter und gab ihn der Frau, die hinter der Scheibe saß. Sie ließ den Schein durch eine Maschine laufen, und ich gab ihr das Geld.

Als ich zu meinem Vater zurückkam, waren die

Pferde schon auf der Bahn. Mein Vater zeigte mir Dark Moon. Er hatte die Startnummer fünf, und der Fahrer im Sulky trug einen blauen Anzug mit weißen Sternen. Das Pferd war dunkel, fast schwarz, sein Fell glänzte, und ich konnte die Muskeln sehen.

Ich sah mir die Pferde an, die sich warm liefen, die Jockeys in ihren bunten Trikots. Nach ein paar Minuten fuhr der Startwagen auf die Bahn, die Gespanne sammelten sich dahinter. Und dann fing das Rennen an. Der Ansager rief die Namen der Pferde aus, die vorn lagen. Seine Stimme aus dem Lautsprecher wirkte blechern, und sie wurde immer lauter und aufgeregter. Dark Moon startete außen, am Anfang lag er etwas zurück, aber nach der ersten Runde war er Dritter, und am Ende gewann er mit einer ganzen Länge Vorsprung. Als er ins Ziel einlief, verschüttete mein Vater sein Bier und hob mich hoch.

In den folgenden Rennen hatten wir nicht so viel Glück, und als wir die Bahn nach ein paar Stunden wieder verließen, war vom Gewinn kaum noch etwas übrig.

»Viel ist es nicht«, sagte mein Vater und schloss den Wagen auf. »Aber für zwei Pizzas reicht es.«

Wir fuhren zu einer kleinen Pizzeria, in der wir schon ein paarmal gegessen hatten. Mein Vater kannte den Besitzer. Ich aß Makkaroni, und wir sprachen über die Pferde und die Jockeys.

»Vielleicht hätten wir etwas mehr auf Dark Moon setzen sollen«, sagte mein Vater. »Dann müsste ich nicht auf diese Bohrinsel.«

Er lächelte, aber ich merkte, dass es ihn ernsthaft beschäftigte. Und plötzlich musste ich mir meinen Vater auf einer Plattform mitten im Ozean vorstellen.

An einem Tisch neben uns saßen zwei Frauen, eine von ihnen trug ein rotes Kleid. Sie sah ein paarmal zu mir herüber und lächelte mich an. Sie war hübsch, ihre Haare waren hinten zu einem Knoten zusammengebunden, und sie trug roten Lippenstift. Sie sah auch ein paarmal zu meinem Vater, aber er bemerkte sie nicht.

»Wir könnten auch heute schon los«, sagte er. »Dann hätten wir morgen noch etwas Zeit, um mit dem Boot rauszufahren.«

Ich dachte an das Rumpeln des Außenborders, an den Geruch von Seetang und den kleinen Hafen mit den Fischkuttern und dem alten Segelboot.

»Ja«, sagte ich.

Wir verließen Hamburg am frühen Abend. Wir fuhren eine halbe Stunde, ohne ein Wort zu reden, dann schlief ich ein. Als ich aufwachte, lief das Radio. Ich streckte mich und gähnte.

Mein Vater schaute mich an.

»Wach?«, fragte er, und ich nickte und blickte nach draußen. Wir waren auf einer Landstraße, und außer Bäumen und Feldern war nichts zu sehen. Der Himmel war klar, aber es dämmerte. Nach einer Weile tauchte am Horizont eine Tankstelle auf. Mein Vater fuhr von der Straße ab und parkte den Wagen neben einer Zapfsäule. Es war eine kleine Tankstelle, und als er bezahlte, beobachtete ich ihn durch die schmutzige Scheibe. Auf dem Parkplatz standen ein paar alte Autos. Als mein Vater wieder einstieg, hielt er eine Cola und ein Bier in der Hand.

»Ich will dir noch was zeigen«, sagte er und legte die Flaschen auf die Rückbank.

Wir fuhren noch ein paar Minuten, dann lenkte mein Vater den Wagen auf einen schmalen Feldweg. Er schaltete den Motor ab, und wir öffneten die Türen. Ich konnte das Meer riechen, und ich hörte die Brandung, aber alles, was ich sehen konnte, war eine große Wiese mit Heuballen und einen Wald.

»Das hier sieht alles noch genauso aus wie früher, als ich klein war«, sagte er, als wir den Feldweg entlangliefen. »Auf der Straße gab es weniger Autos, aber sonst ist alles wie früher.«

Als wir den Wald erreichten, wurde das Geräusch der Wellen lauter. Es war fast dunkel, als ich den Lichtschein bemerkte. Er war nur kurz zu sehen, zuerst schwach, dann stärker, schließlich verschwand er wieder.

»Was war das?«, fragte ich.

»Warte«, sagte mein Vater und lief weiter. Das Licht huschte erneut durch den Wald.

Plötzlich endeten die Bäume abrupt, und wir standen am Rand einer Steilküste, und ich sah den Leuchtturm.

Der Himmel hatte sich am Horizont rot verfärbt, das Meer war dunkel, fast schwarz, aber in einiger Entfernung erkannte ich die Umrisse eines Schiffes.

»Als dein Großvater noch zur See fuhr, bin ich immer hierhergekommen«, sagte er. »Der Leuchtturm funktioniert heute automatisch, aber damals gab es noch einen alten Mann, der sich um alles kümmerte.«

Er sah mich kurz an, dann wieder zum Leuchtturm.

»Der Alte wohnte dort«, sagte er. »Es gab alles, was man braucht – ein Bett, eine kleine Küche.«

Er schwieg, und wir blickten aufs Meer. Mein Vater trank sein Bier und ich meine Cola.

In dieser Nacht lag ich lange wach. Mein Bett stand im alten Kinderzimmer meines Vaters, in dem jetzt meine Sachen untergebracht waren, und ich stellte ihn mir als kleinen Jungen vor, und wie er zum Leuchtturm lief. Ich stellte mir den alten Mann vor, der dort gewohnt hatte, und wie die beiden gemeinsam die großen Fensterscheiben putzten, hinter denen sich abends die Scheinwerfer drehten. Ich stellte mir vor, wie die beiden aufs Meer blickten, und wie mein Vater seinen Vater vermisste, und wie er die Schiffe zählte, die er von dort oben beobachten konnte.

In dieser Nacht wusste ich nicht, dass mein Vater fast fünf Jahre lang auf der Bohrinsel arbeiten würde und dass wir nicht mehr gemeinsam in die kleine Wohnung nach Hamburg ziehen würden.

Der Hund lag neben dem Bett auf dem Teppich, und im schwachen Licht sah ich, wie sich sein Brustkorb hob und senkte. Das Fenster stand einen Spaltbreit offen, und als ich endlich einschlief, hörte ich draußen die ersten Vögel zwitschern.

Oldtimer

Ich hatte alle möglichen Jobs gemacht, bevor ich bei Ziegler in der Werkstatt anfing. Ich hatte auf dem Bau gearbeitet und am Fließband, ich war Fahrer bei einer Getränkehandlung gewesen, und eine Zeit lang hatte ich mein Geld als Festmacher im Hafen verdient.

Die Stelle als Festmacher war sicher die beste gewesen, sie war gut bezahlt, und die Kollegen waren in Ordnung, aber die Arbeit war schwer und auch nicht ungefährlich. Außerdem musste man flexibel sein – sie riefen einen immer erst zwei, drei Stunden, bevor die Schiffe einliefen, an. Und trotzdem hatte ich den Job gemocht, und auch den Hafen mit all seinen Geräuschen und Containern und Schiffen, die von überallher kamen. Vor allem in den Sommernächten fühlte ich mich wohl, wenn sich die Lichter der Docks auf der Elbe spiegelten und wir mit offenem Fenster zu den Liegeplätzen fuhren. Ich hatte ein Funkgerät und einen Ausweis, mit dem man sich im Hafen frei bewegen konnte, und hin und wieder, wenn an einem der Schiffe noch jemand gebraucht wurde, war ich allein im Wagen unterwegs. In diesen Situationen fühlte ich mich völlig frei. Ich betrachtete die Schiffe und die Lastkräne und all die Lichter, die sich dort nachts bewegten.

Im Winter jedoch war der Job kaum zu ertragen. Sobald die Temperaturen unter den Gefrierpunkt sanken, bekam man die armdicken Taue ohne Brecheisen nicht mehr los; dazu kam der eisige Wind. Später, als ich bei Ziegler arbeitete und ihm von der Arbeit im Hafen erzählte, konnte ich auch den Wintern etwas abgewinnen – zum Beispiel den Himmel, der sich wie eine schützende Decke über den ganzen Hafen legte.

Von dem Job in Zieglers Werkstatt erfuhr ich von einem der Aufzugwärter. Ich fuhr immer mit dem Fahrrad zur Arbeit, und dafür musste ich durch den alten Elbtunnel. Ich kannte die meisten von denen, die dort unten standen und die Aufzüge für die Autos bedienten, und manchmal, wenn ich Zeit hatte, unterhielt ich mich mit ihnen. Einer, den ich von früher kannte und der wusste, dass ich an Autos schraubte, erzählte mir von Zieglers Werkstatt.

Ich erinnere mich noch genau an den Tag, an dem ich Ziegler zum ersten Mal sah. Das große Rolltor stand offen, und auf der Hebebühne befand sich ein alter Mercedes. Ziegler stand mit dem Rücken zu mir und fluchte leise vor sich hin.

»Hallo«, sagte ich, und als er sich umdrehte, sah ich, dass sein linker Unterarm eingegipst war. Er war groß und stämmig und trug einen blauen Overall. Seine Haare hatte er zurückgekämmt. Ich schätzte ihn damals auf Anfang sechzig. Später erfuhr ich, dass er schon fast siebzig war. Er wischte seine Hand an einem Lappen ab und reichte sie mir.

»Ziegler«, sagte er, »wie kann ich helfen?«

»Marco«, sagte ich und sah zu dem Mercedes hinüber. »Geht die Trommel nicht runter?«

Ziegler blickte zur Hebebühne.

»Soll ich's mal versuchen?«, fragte ich, und ohne auf eine Antwort zu warten, ging ich zum Wagen. Ich musste ihn etwas ablassen, um an die Bremstrommel zu gelangen. Er hatte die Schrauben schon gelöst, aber sie saß fest. Ich nahm einen Hammer von der Wand, es dauerte, aber ich bekam die Trommel herunter.

Ziegler hatte die ganze Zeit hinter mir gestanden. Jetzt legte er die Hand auf meine Schulter.

»Hast Talent, mein Junge«, sagte er, »jemanden wie dich könnte ich gebrauchen.«

Ich hatte keine Ausbildung, und all die Jobs, die ich bisher gemacht hatte, waren Hilfsarbeiterjobs gewesen. Arbeit, bei der man keine Verantwortung hatte und die jeder machen konnte. Einfache Tätigkeiten, meist schwer und monoton. In der Werkstatt war das anders, vom ersten Tag an wechselte ich Zylinderkopfdichtungen und Stoßdämpfer und Achsmanschetten. Ich schnitt verrostete Karosserieteile heraus, schweißte neue ein, lackierte. Und immer, wenn ich mir etwas nicht zutraute oder zum ersten Mal machte, sagte Ziegler: »Versuch's mal, mein Junge, du kriegst das schon hin.« Meistens hatte er recht, und wenn doch etwas nicht klappte, half er mir weiter; er sprach dann ganz ruhig mit seiner rauen Stimme.

Die Werkstatt lag in einem Hinterhof. Sie war ziemlich klein, und es gab nur eine Hebebühne, die Wände waren mit Werkzeug übersät, überhaupt wurde jeder Quadratmeter genutzt. Es roch nach Öl und Schmiermittel. Ziegler hatte sich auf Oldtimer spezialisiert, Käfer, alte Daimler und so was. Er bediente vor allem Stammkunden, und manchmal holte ich die Wagen von ihnen ab oder fuhr sie zurück. Es war jedes Mal wie eine Zeitreise, und auch wenn die Baujahre und Fabrikate variierten, ähnelten sich die Gerüche im Inneren der Wagen. Als wäre dort etwas erhalten geblieben, was in Wirklichkeit schon lange nicht mehr existierte.

Morgens vor der Arbeit frühstückten wir zusammen. Wir saßen an dem kleinen Tisch neben der Werkbank, tranken Kaffee und redeten über dies und das. Einmal waren wir abends in Zieglers Stammkneipe gewesen. Wir hatten am Tresen gesessen, Bier getrunken, und irgendwann hatte sich einer von Zieglers Freunden zu uns gesellt. Er war klein und drahtig, seine Arme waren voller Tätowierungen.

»Der Bunte«, sagte Ziegler und lachte. Der Tätowierte reichte mir die Hand.

»Franz«, sagte er und setzte sich auf einen Hocker. Dann sah er zu Ziegler.

»Das ist also unser Wunderkind«, sagte er.

Ziegler nickte.

»Irgendwann übernimmt er den Laden«, sagte er.

Ich war etwa ein halbes Jahr bei Ziegler, als ich an einem schwarzen Ford Mustang die Bremsbeläge erneuerte. Ich war fast fertig, als er zu mir kam.

»Na, wie läuft's?«, fragte er und nahm eine Zigarettenschachtel aus der Brusttasche seines Overalls.

»Bin gleich so weit«, sagte ich. »Soll ich mich dann um den BMW kümmern?«

Er schüttelte den Kopf und zündete sich eine an.

»Nee, lass mal. Brauchst nur noch den Wagen wegzubringen, dann kannste Feierabend machen.«

Es war das erste Mal, dass ich einen Mustang fuhr. Es war warm und der Himmel strahlend blau, und als ich über die Köhlbrandbrücke fuhr, glitzerte unter mir die Elbe. Ich hatte die Fenster heruntergekurbelt, und am Rückspiegel schaukelte eine Figur der Jungfrau Maria. Ich konnte mir gut vorstellen, mit dem Wagen über einen staubigen Highway zu fahren und in Motels zu übernachten.

Der Mustang gehörte einem Anwalt, der auf der anderen Elbseite in einem alten Bauernhaus wohnte. Ich war schon öfter dort gewesen, in der ehemaligen Scheune standen mehrere Oldtimer und auch ein paar Motorräder.

Als ich am nächsten Tag die Werkstatt betrat, saß Ziegler am Tisch.

»Morgen«, sagte ich, Ziegler antwortete nicht. Ich setzte mich zu ihm und wollte mir einen Kaffee eingießen, aber als ich die Thermoskanne anhob, bemerkte ich, dass sie leer war.

»Was steht an?«, fragte ich, und erst als Ziegler auch diesmal nicht antwortete, fiel mir auf, dass etwas nicht stimmte. Es war sein Blick, irgendetwas war anders.

»Alles okay?«, fragte ich, und in dem Moment bemerkte ich die Panik. Er hatte die Augen weit aufgerissen, als wollte er mir etwas sagen, aber er sagte kein Wort.

»Wahrscheinlich Schlaganfall«, sagte einer der Sanitäter, als sie ihn auf einer Bahre aus der Werkstatt trugen. Der Rettungswagen stand direkt vor dem Rolltor, das Blaulicht glitt über die Häuserwände des Innenhofs.

Nachdem der Rettungswagen abgefahren war, ging ich zurück in die Werkstatt. Ich setzte mich an den Tisch. Ich blieb den ganzen Morgen dort sitzen. Ich besuchte ihn täglich an seinem Krankenbett und stellte ihn mir allein in der dunklen Werkstatt vor. Er hatte die ganze Nacht bewegungslos am Tisch gesessen, bis ich gekommen war und den Rettungswagen gerufen hatte.

Ziegler war blass, seine Hände lagen auf der Bettdecke, es war das erste Mal, dass ich ihn ohne Overall sah. Irgendwer hatte Blumen mitgebracht, die in dem weißen Zimmer zu leuchten schienen.

Auf der Beerdigung traf ich Franz. Er trug einen schwarzen Anzug, der ihm zu groß war und in dem er verkleidet wirkte.

»Hat immer gut von dir gesprochen«, sagte er, als wir später in der Kneipe saßen. Er nippte an seinem Bier und stellte es vorsichtig auf den Tresen.

»Ja«, sagte ich, »ich weiß.«

»Weißt du schon, was du jetzt machst?«, fragte er.

Ich schüttelte den Kopf.

»Er wird hier fehlen«, sagte er und sah sich in der Kneipe um. Es war kurz nach zwölf, es roch nach kaltem Rauch, und wir waren die einzigen Gäste.

Ein paar Wochen nach Zieglers Tod fing ich wieder im Hafen an, aber es war nicht mehr das Gleiche. Vielleicht lag es am Herbst – ich glaube, der Herbst ist die schlechteste Jahreszeit, um im Hafen anzufangen.

Als ich weg war, hatte die Leitung gewechselt und der Typ, der die Dienste einteilte, konnte mich nicht leiden. Er setzte mich hauptsächlich zur Lukenreinigung ein. Es dauerte fast einen Monat, bis ich mich wieder an den Job gewöhnt hatte. Ich dachte viel an Ziegler, an die Arbeit in der Werkstatt und daran, wie er mir einmal morgens beim Frühstück erzählt hatte, dass er als junger Mann zur See gefahren war.

»Der Aufbruch, das war das Beste«, hatte er gesagt und an seinem Kaffee genippt.

Der Alte

Karl stand am Fischmarkt und blickte über den Fluss. Im Trockendock gegenüber lag ein Kreuzfahrtschiff – keins von den ganz großen, aber dennoch war es beachtlich. Es war warm, es dämmerte, und die Lichter der Docks brannten schon. Auch das Schiff war hell erleuchtet, gedämpft drang das Hämmern und Schleifen zu ihm herüber. Die Arbeiter wirkten von hier aus klein, ihre Bewegungen waren kaum zu erkennen. Gerne hätte er sich auf dem Schiff einmal umgesehen, wäre durch die Gänge zu den Kabinen gelaufen oder hätte vom Deck aus hinüber zum Fischmarkt gesehen. Dorthin, wo er jetzt stand, dorthin, wo er täglich seine Arbeit begann.

Er zog an seiner Zigarette und warf sie in die Elbe. Ein letztes Mal sah er zum Schiff hinüber. Es war jetzt fast dunkel, und die Hafenkräne im Hintergrund waren kaum noch zu erkennen.

Er hatte den Einkaufswagen an eine Laterne gekettet. Früher hatte er ihn einfach so abgestellt, aber er war ihm ein paarmal abhandengekommen, und dann hatte er die Idee mit dem Fahrradschloss gehabt.

Die erste Station, die er ansteuerte, war ein kleines Haus in der Hafenstraße, direkt unterhalb einer Brücke. Um diese Uhrzeit war dort meistens noch nicht viel los, aber später würde sich das ändern. Aus der offenen Tür drang Musik, und auf der Treppe, die hinauf zu dem kleinen Park mit den Metallpalmen führte, saßen ein paar Jugendliche. Sie schienen ihn nicht zu bemerken, als er drei Flaschen, die neben einer Mauer standen, in den Wagen legte. In einem Papierkorb an einer Bushaltestelle fand er eine weitere Flasche.

Er hatte eine feste Route: Hafenstraße, Helgoländer Allee, Seewartenstraße, Bernhard-Nocht-Straße, Pinnasberg, Pepermölenbek und dann wieder von vorn. Unter der Woche musste er die Runde manchmal vier- oder fünfmal machen, um den Wagen vollzukriegen, aber am Wochenende reichte oft schon eine Tour. Die Reeperbahn mied er, auch wenn dort am meisten zu holen war; die Reviere waren fest abgesteckt, und auf der Reeperbahn bekam man leicht Probleme. Einmal hatte ihm so ein junger Kerl eine gelangt, als er eine Flasche von einer Treppe am Hans-Albers-Platz aufgehoben hatte.

»Verpiss dich, du Penner«, hatte ihm der Kerl nachgerufen, und als er am nächsten Tag aufwachte, war sein Auge geschwollen.

Die Flaschen im Wagen klirrten, als er am Tropeninstitut vorbeilief. Es war seine dritte Runde, und es war schon einiges zusammengekommen. Er stieg die paar Stufen hinauf zu dem Mülleimer, aber der war leer, und als er wieder hinunterging, sah er zu den Gebäuden hinüber. In den großen Fensterscheiben spiegelten sich Lichter. Früher hatte hier die Brauerei gestanden. Karl dachte an die Bierkisten, die sich auf dem Hof getürmt und die Mauer überragt hatten. Er hatte sein ganzes Leben hier verbracht, und auch wenn er oft weg gewesen war, war er immer wieder hierher zurückgekehrt – sein Heimathafen eben. Aber seit einer Weile fühlte er sich fremd hier, und das, obwohl er die Stadt schon lange nicht mehr verlassen hatte.

Er sah die Leuchtreklame schon von Weitem – *Zum glühenden Anker* war über dem Eingang zu lesen. Eine der Neonröhren war kaputt und flackerte. Er öffnete die Metallpforte, die zum Hinterhof führte, und schob den Einkaufswagen zu den Mülltonnen, dann ging er wieder nach vorne. Er drückte gegen die Tür und betrat die Kneipe. In dem kleinen Fernseher, der in der Ecke über dem Dartautomaten hing, lief ein Boxkampf. Der Fernseher flimmerte, aber die zwei Männer, die an dem Tisch vorm Fenster saßen, blickten zum Bildschirm hinauf.

»Abend«, sagte er und ging zum Tresen hinüber. Die Männer nickten, ohne den Blick vom Fernseher abzuwenden. Er setzte sich auf einen Hocker, holte den Tabak aus der Hosentasche und legte ihn auf die Theke. Karin war nicht zu sehen, aber er hörte sie in der Küche mit dem Geschirr klappern. Er drehte sich eine Zigarette, und als er sie anzündete, kam sie an den Tresen.

»Hallo«, sagte sie, nahm ein Glas aus dem Regal und hielt es unter den Zapfhahn.

»Halbzeit?«, fragte sie, und Karl nickte.

Er stand mitten auf dem Hans-Albers-Platz, zwischen all den Menschen. Überall blinkten Lichter, und er hatte noch immer Karins Worte im Kopf.

»Tut mir leid, Karl«, hatte sie gesagt. »Tut mir wirklich leid«, und dann hatte sie zu ihrer Hand geblickt, die neben seiner Hand auf dem Tresen lag.

Er lief ziellos durch das Viertel, vorbei an Kneipen und Spielotheken, in denen, wie er wusste, manchmal nur eine Person die ganze Nacht über alle Automaten bediente. In der Hoffnung, einmal den großen Gewinn einzustreichen.

Es wurde langsam hell, aber auf der Reeperbahn war noch immer viel los. Vor einem Kiosk standen ein paar junge Männer, die aus Plastikbechern tranken, und vor dem S-Bahn-Eingang durchsuchte eine Frau die Mülleimer. Sie hielt einen Stoffbeutel in der Hand, in dem sie jetzt eine Bierflasche verschwinden ließ. Sie war jung, vielleicht Anfang dreißig, aber sie hatte eine geduckte Haltung.

Die Fahrstuhltür schloss sich geräuschlos, und er betrachtete sich im Spiegel. Seit das Haus, in dem er fast dreißig Jahre gelebt hatte, abgerissen worden war, lebte er in dem Hochhaus, das am Anfang der Reeperbahn stand. Seine Wohnung lag im elften Stock, es gab eine Zentralheizung und einen Balkon, von dem aus man den gesamten Hafen überblicken konnte, aber er hatte sich noch immer nicht eingelebt, und er kannte keinen seiner Nachbarn. Er wusste, dass er von einigen der anderen Sammler der Alte genannt wurde, und es hatte ihn nie gestört. Es war ein Spitzname, mehr nicht. Aber jetzt, als er in dem Fahrstuhl stand und sich in dem großen Spiegel ansah, fiel es ihm auf. Er war ein alter Mann, der in einer Welt zu Hause war, die sich nach und nach auflöste. Er dachte an den süßlichen Geruch der Brauerei, der früher über dem Viertel hing, er versuchte sich zu erinnern, wann er zum ersten Mal im *Glühenden Anker* war, wann er Karin zum ersten Mal begegnet war, aber es gelang ihm nicht.

Er stand auf dem Balkon und blickte über die Stadt. In der Ferne konnte er ein paar Möwen ausmachen, sie waren nur als Punkte zu erkennen. Es war jetzt hell, aber im Hafen brannten noch vereinzelt Lichter. Ein Schlepper zog ein Containerschiff flussaufwärts, es war voll beladen, und die Container wirkten vom Balkon aus wie bunte Bauklötze. In den letzten Jahren hatten einige der alten Kneipen dichtgemacht, er hätte es ahnen können. Er dachte an den Einkaufswagen, der noch immer hinter der Kneipe bei den Mülltonnen stand.

Tanzen

Kristin arbeitete hinterm Tresen, als ich sie kennenlernte. Der Laden war ziemlich heruntergekommen, ein alter, mit Plakaten beklebter Backsteinbau unten an der Elbe. Normalerweise fanden dort Konzerte und Partys statt, aber an diesem Abend gab es einen Boxkampf. Es war kein richtiger Boxkampf, sie hatten zwar einen Ring, einen Ringrichter und einen Sanitäter, aber die Leute, die gegeneinander boxten, waren blutige Anfänger.

Als ich ankam, war die Veranstaltung bereits in vollem Gange. Der Laden war total überfüllt, aber Kristin fiel mir sofort auf. Sie hatte ihre Haare zu einem Pferdeschwanz zusammengebunden, und als ich ein Bier bei ihr bestellte, lächelten wir uns an.

Damals war ich noch nicht lange in der Stadt und fast jede Nacht unterwegs; es gab einiges zu entdecken. Meine Wohnung befand sich direkt auf der Reeperbahn, und nachts, wenn es dunkel wurde, leuchtete am Haus gegenüber eine riesige Coca-Cola-Flasche, manchmal konnte ich die Signalhörner der Schiffe hören. Ich saß oft dort am Fenster und beobachtete das Treiben auf dem Hans-Albers-Platz – die Nutten, die Junggesellenabschiede. Es war immer was los.

Die Kämpfe gingen über drei Runden zu jeweils zwei Minuten, und jeder durfte boxen. Der Ring war auf gleicher Höhe mit dem Publikum aufgebaut. Der erste Kampf, den ich mir ansah, ging schnell zu Ende. Im Ring standen ein großer schlanker und ein etwas untersetzter Kerl. Beide trugen Jeans und rote Boxhandschuhe, und beide hatten freie Oberkörper; der Ringrichter war ganz in Weiß gekleidet. Der Größere hatte bereits eine Platzwunde über dem linken Auge, und es bereitete ihm Probleme, die Deckung oben zu halten – seine Bewegungen wirkten fahrig und hilflos.

Ich habe früher selbst geboxt, und ich weiß, dass viele die Sache unterschätzen. Selbst eine Minute kann sehr lang sein, und wenn man mit seinen Kräften nicht gut haushält, ist man verloren. Boxen ist mehr als stumpfes Prügeln, ein guter Kampf ist wie ein Tanz und spannender als jeder Film. Während der Größere immer wieder unkoordiniert auf seinen Gegner losging, platzierte dieser seine Schläge präzise – innerhalb weniger

Sekunden landete er gleich mehrere Treffer. Die Menge drängte sich dicht um den Ring. Ich war überzeugt, dass der Größere die Runde nicht überstehen würde, aber am Ende schaffte er es doch und taumelte in seine Ecke. In der Pause warf er das Handtuch.

»Ich hab dich hier noch nie gesehen«, sagte Kristin, als ich später wieder am Tresen stand. Sie stellte eine Bierflasche vor mir auf die Theke.

»Bin noch nicht lange in der Stadt«, sagte ich. Es entstand eine kurze Pause, und wir sahen uns an.

»Kristin«, sagte sie, »ich heiße Kristin.« Sie streckte mir die Hand hin.

»Mark«, sagte ich.

Menschen mit zerschlagenen Gesichtern lehnten am Tresen und prosteten sich zu. Es war heiß, und es roch nach Schweiß und Zigarettenrauch. Die ganze Zeit über lief Musik, auch während der Kämpfe.

Viele der Nächte aus jener Zeit habe ich nur noch bruchstückhaft in Erinnerung, aber von dieser Nacht ist noch alles da, jede einzelne Minute. Ich sehe den Fluss vor mir, an dem wir nach den Kämpfen entlangspazierten. Eine Barkasse schaukelte auf dem Wasser. Ich spüre den Wind, ich höre Kristins Stimme. In einem der Docks stand ein Kreuzfahrtschiff, es war hell beleuchtet. Wir liefen dicht beieinander, und ein paarmal berührten wir uns kurz. Kristin trug einen Jeansrock und eine schwarze Lederjacke, ihre Augen hatte sie dunkel geschminkt. Sie redete fast unaufhörlich, und obwohl ich kaum etwas erzählte, hatte ich das Gefühl, dass wir uns seit einer Ewigkeit kannten. Es war, als wüsste sie von den Pflegefamilien in meiner Kindheit, von meinen Problemen mit der Polizei.

»Dort drüben hat mein Vater gearbeitet«, sagte sie und deutete zu den Docks. »Heute kann er sich kaum noch bewegen, er lebt in einem Pflegeheim.«

»Du bist hier aufgewachsen?«, fragte ich. Sie nickte.

»Ja, das hier ist sozusagen mein Spielplatz«, sagte sie, blickte über die Elbe und dann zur Straße hinüber. Ein Wagen fuhr vorbei, die Scheinwerfer erhellten die Straße, und hinter der Scheibe konnte ich die Silhouette des Fahrers erkennen.

Kristin zeigte mir das Haus, in dem sie aufgewachsen war, und erzählte von ihrer Mutter, die sie und ihren Vater verlassen hatte, als Kristin noch ein kleines Kind war. Wir liefen durch die Straßen, es war eine milde, klare Nacht.

Später saßen wir in einer Kneipe.

»Pass mir bloß gut auf die Kleine auf«, sagte die Frau hinter der Theke. Ich schätzte sie auf Mitte sechzig, sie war ziemlich dick und trug eine weite Bluse und eine Brille.

»Karin!«, sagte Kristin.

»Muss doch auf mein Kristinchen achtgeben«, sagte die Frau. Sie sah jetzt zu mir, und sie lächelte.

»Normalerweise bringt sie ja niemanden mit«, sagte sie.

Die Kneipe war fast leer, die Jukebox spielte Musik. An den Wänden hingen St.-Pauli-Flaggen und vergilbte Zeitungsartikel und ein Bild von einem Segelschiff. Wir saßen am Tresen, aber ich hatte eher das Gefühl, in einem Wohnzimmer zu sein. Ein paarmal sah ich zu dem Spiegel hinter der Bar, unsere Gesichter wurden von den Flaschen gerahmt.

Als wir uns verabschiedeten, war es bereits hell. Wir standen auf der Reeperbahn, vor meinem Haus.

»War ein schöner Abend«, sagte sie.

»Fand ich auch«, sagte ich.

Für einen kurzen Moment standen wir reglos da. Dann nahm sie mich in den Arm. In der Ferne ertönte eine Polizeisirene.

»Bis bald«, sagte sie.

Zwei Jahre nach unserer Trennung hatte ich in Hamburg zu tun. Ich war nur einen einzigen Tag in der Stadt, und ich hatte mir vorgenommen, die alten Orte zu meiden. Aber als ich abends in meinem Hotelzimmer saß, wurde ich immer unruhiger.

Das Hotel lag in der Nähe des Hauptbahnhofs, und vom Fenster aus konnte ich die Züge beobachten, wie sie ein- und ausfuhren. Ich konnte auch den Vorplatz mit den Taxireihen sehen. Einige der Fahrer standen unter einem Vordach und redeten, es regnete, und die Lichter spiegelten sich auf dem Pflaster. Ich hatte den Fernseher eingeschaltet, und die Stimmen vermischten sich mit dem Straßenlärm und dem Gurren der Tauben von den umliegenden Dächern. Ich blickte immer wieder zu der großen Uhr, aber die Zeiger schienen sich nicht zu bewegen.

»Du siehst seltsam aus«, sagte sie und sah an mir herab, »irgendwie … seltsam.«

»Willst du was trinken?«, fragte ich.

»Eigentlich ist das ja meine Frage«, sagte sie, stellte zwei Schnapsgläser vor uns und nahm eine Wodkaflasche aus dem Eisschrank. Ich dachte an den Abend, an dem wir uns kennengelernt hatten, und an die Monate danach. Kristin trug ihre Haare jetzt kürzer, aber sie war noch immer so schön wie damals. Ich war es gewesen, der die Beziehung beendet hatte.

»Der Laden … er wirkt so sauber«, sagte ich.

»Und du trägst einen Anzug«, sagte sie, »passt doch.«

»Was macht dein Vater?«, fragte ich und bereute es im selben Moment.

»Alles beim Alten«, sagte sie und hob ihr Glas. »Auf die Sauberkeit.«

Ich saß eine ganze Weile dort am Tresen und beobachtete Kristin, wie sie Gläser füllte, Flaschen öffnete und sich mit den Gästen unterhielt. Die Musik war sehr laut, und wenn sie sprach, sah ich nur, wie sich ihre Lippen bewegten, aber ich hatte ihre Stimme im Ohr.

Vor dem Laden lag direkt der Fluss, und als ich hinausging, um eine Zigarette zu rauchen, hatte es aufgehört zu regnen; die Luft war feucht, aber der Himmel war jetzt klar.

Ich ging zur Kaimauer und setzte mich auf das Geländer. In den letzten Jahren war ich selten länger als ein Jahr an einem Ort geblieben. Ich hatte in Großstädten gelebt und auch in etwas kleineren, aber außer in Hamburg hatte sich meine Einrichtung auf eine Matratze und ein paar Kartons beschränkt. Zum ersten Mal seit langer Zeit fühlte ich mich zu Hause.

»Hier bist du«, sagte Kristin.

Ich stand am Rand der Tanzfläche und sah zu den Tanzenden hinüber. Irgendwie fühlte ich mich fehl am Platz.

»Ich hätte nicht gedacht, dass du noch hier arbeitest«, sagte ich.

»Nach dem Umbau war ich 'ne Zeit lang in 'nem

Kindergarten«, sagte sie. »Aber irgendwie ist der Laden wie ein Magnet.«

Ich wusste, was sie meinte, aber ich hätte es nicht erklären können; das Nachtleben übte einen gewissen Sog aus. Kristin und ich hatten einen Großteil unserer Zeit in irgendwelchen Kneipen verbracht, hatten getrunken, gestritten und uns wieder versöhnt.

»Willst du tanzen?«, fragte ich. Sie sah mich an, aber ich konnte ihren Blick nicht deuten.

»Bist du betrunken?«, fragte sie.

Ich nahm sie an der Hand und zog sie zur Tanzfläche hinüber, und dann waren wir schon mitten zwischen den Leuten. Wir waren dicht beieinander, aber wir berührten uns nicht, wir sahen uns in die Augen.

Sturm

Der Hund war das Letzte, was Edgar aus seinem alten Leben geblieben war. Bis vor wenigen Jahren hatte er noch ein paar Fotos besessen, aber sie waren ihm zusammen mit der alten Reisetasche und dem Spirituskocher gestohlen worden. Manchmal, in den Nächten, wenn der Hund neben ihm lag und schlief, dachte er an die kleine Wohnung, an die Badewanne und den großen Park, den er von seiner Küche aus sehen konnte.

Der Hund war mittlerweile vierzehn, ein schwarzer Mischling mit kurzem, struppigem Fell. Er hieß Johann, nach dem berühmten Komponisten Pachelbel, und die beiden hatten in den letzten Jahren nicht eine einzige Nacht getrennt voneinander verbracht. In den meisten Obdachlosenunterkünften waren Hunde verboten, und so hatten sie nicht selten im Winter draußen geschlafen.

Die letzten Monate war Edgar in einem Schrebergarten untergekommen, aber die Besitzerin war verstorben, und nun war er wieder auf der Straße.

Es war Montag, und Edgar stand im Waschsalon, der Hund lag auf seiner Decke vor einer der Bänke. Draußen war es noch dunkel, und Edgar blickte auf die kleine, gepflasterte Straße. Für die kommende Nacht war ein Sturm angekündigt, aber noch bewegten sich die Äste der Bäume nur leicht.

Seit ein paar Wochen verkaufte Edgar eine Straßenzeitung. Die letzten beiden Tage war er unten am Hafen unterwegs gewesen, heute wollte er es vor einem Supermarkt versuchen. Aber gegen Mittag hatte er erst vier Zeitungen verkauft. Der Wind war stärker geworden. Es hatte zu regnen begonnen, und Edgar stand unter dem schmalen Vordach. Er fror. Er dachte darüber nach aufzuhören und sich um einen Schlafplatz zu kümmern, aber er wusste, dass es dafür noch zu früh war. Vor ein paar Jahren hätte er sich jetzt betrunken. Aber seit er im vorletzten Winter im Rausch fast erfroren war, rührte er keinen Alkohol mehr an. Auch das Rauchen hatte er sich abgewöhnt. Ein Obdachloser, der weder trinkt noch raucht. Edgar lächelte und holte einen Hundekuchen aus seiner Jackentasche.

»Johann«, sagte Edgar, und der Hund nahm den Hundekuchen vorsichtig aus seiner Hand. Er drückte seinen Kopf gegen Edgars Bein, und Edgar streichelte ihn und spürte ihn kauen.

Edgar hatte in den letzten Jahren mehrmals versucht, von vorne anzufangen. Aber ohne festen Wohnsitz und ohne Konto war es nicht einfach, eine Arbeit zu finden. Auch wenn es heute nicht gut lief, die Zeitung war eine Möglichkeit, irgendwann wieder eine Wohnung zu finden. Nichts großes, nur ein Zimmer mit Küche und Bad. Vielleicht ein Radio und ein Sofa und ein Körbchen für Johann.

Und so blieb er vor dem Supermarkt und wartete, und es lohnte sich. Am frühen Nachmittag verkaufte er kurz hintereinander sieben Zeitungen, und eine alte Frau schenkte ihm zwei große Dosen Hundefutter.

Er war gerade dabei, seine Sachen zusammenzupacken, als ihn ein Mann ansprach.

»Entschuldigen Sie«, sagte er, »könnten Sie mir vielleicht kurz helfen?«

Der Mann war untersetzt. Er trug eine Jeans und eine dunkle Jacke.

»Mein Wagen«, sagte er und deutete zum Parkplatz hinüber. »Ich hab einen Platten – es ist mir unangenehm, aber ich hab so was noch nicht gemacht. Könnten Sie mir vielleicht kurz helfen?«

Sie gingen nebeneinanderher zum Parkplatz, und der Mann blieb vor einem schwarzen Volvo stehen. Der Himmel war schwarz, und der Wind trieb Blätter über den Asphalt. Neben dem platten Reifen lag der Wagenheber.

Edgar saß in einem kleinen Dönerladen am Fenster. Er trank einen Tee und überlegte, wo er schlafen sollte. Er war von Notunterkunft zu Notunterkunft gelaufen, aber mit Johann wollte ihn niemand aufnehmen. Eine Frau hatte ihm angeboten, den Hund ins Tierheim zu bringen, aber Edgar hatte das Gebäude verlassen. Der Wind drückte den Regen gegen die Scheibe, draußen auf der Straße fuhr ein Wagen vorbei, und überall waren Sirenen zu hören. Johann lag ganz ruhig unter dem Tisch, und Edgar musste an die kleine Stadt denken. An den kleinen Hafen, an dem er mit Johann als Welpe spazieren gewesen war, und den Bahnhof, von dem aus sie die Stadt verlassen hatten. Seitdem waren sie kreuz und quer durchs Land gereist, bis sie irgendwann in Hamburg gelandet waren. Und obwohl Edgar keine Wohnung hatte, fühlte er sich hier zu Hause.

Der Mann mit dem Volvo hatte Edgar zwanzig Euro in die Hand gedrückt. Zusammen mit dem Zeitungsgeld der letzten beiden Wochen besaß er jetzt fast neunzig Euro. Kein Vermögen, aber ein Anfang, dachte er, als er die dunkle Straße entlanglief. Der Hund war direkt neben ihm. Es war kalt, und der Wind rüttelte an der Plane eines Lkws.

»Hunde sind hier eigentlich nicht erlaubt«, sagte die Frau hinter der Rezeption und blickte zu Johann. Im schwachen Licht des Foyers konnte Edgar nicht genau erkennen, wie alt sie war, aber der Stimme nach war sie in seinem Alter. Er trat einen Schritt näher und sah, dass sie lächelte.

»Aber heute läuft hier sowieso nichts, wie es soll. Das halbe Hotel ist leer«, sagte sie. Es roch nach alten Teppichböden und Reinigungsmitteln.

»Der Sturm?«, fragte Edgar, und die Frau nickte.

»Fünfzig Euro, Frühstück kostet extra«, sagte sie und legte einen Zettel vor ihn hin. »Aber das können Sie morgen früh entscheiden. Name und Unterschrift reichen, und die fünfzig Euro müssen Sie jetzt bezahlen.«

Edgar füllte den Schein aus, und die Frau legte einen Schlüssel auf den Tresen.

»Zimmer vierundzwanzig, ist im zweiten Stock. Sie können den Aufzug nehmen«, sagte sie. »Ist ein schöner Hund. Schlafen Sie gut.«

Das Zimmer war klein, aber außer dem Bett war da noch ein Sofa und sogar ein Fernseher. Der Boden war mit einem roten Teppich ausgelegt, das Fenster ging zur Straße raus, und im Badezimmer gab es eine Wanne. Edgar zog seine Jacke aus und hängte sie an die Garderobe. Er legte Johanns Decke neben das Sofa, stellte den zerbeulten Blechnapf daneben und füllte ihn mit Trockenfutter auf.

»Na, komm her«, sagte Edgar, und der Hund stürzte sich auf das Futter.

Als Edgar aus der Dusche kam, war der Hund eingeschlafen. Er setzte sich auf das Sofa und schaltete den Fernseher an. Es lief eine Nachrichtensendung, und die Moderatorin sprach über die Schäden, die der Sturm angerichtet hatte. Sie trug eine gelbe Öljacke, und Edgar konnte im Hintergrund den Fischmarkt erkennen. Er hatte die letzten Nächte in einem Hauseingang ganz in der Nähe geschlafen und war froh, jetzt hier im Trockenen zu sitzen. Er dachte an den Schrebergarten und fragte sich, ob die kleine Hütte den Sturm wohl überstehen würde. Und dann dachte er an seinen eigenen Garten, an die Obstbäume und das kleine Gemüsebeet.

Edgar wachte auf dem Sofa auf, der Fernseher lief, und sein Rücken schmerzte. Es war bereits hell, und die Uhr über der Tür zeigte kurz vor neun. Edgar stand auf und schaltete das Gerät aus, dann ging er ins Badezimmer und wusch sich das Gesicht.

Als er den Schlüssel an der Rezeption abgab, saß dort eine andere Frau. Aus dem kleinen Frühstücksraum war das Klappern von Geschirr zu hören, und der Geruch von frischem Kaffee lag in der Luft.

»Frühstücken möchten Sie nicht?«, fragte die Frau. »Nein, danke. Ich muss los«, sagte Edgar.

Er trat hinaus ins Freie und blickte die Straße hinab. Es regnete noch, und der Wind hatte kaum nachgelassen. Er hatte keine Zeitungen mehr, und die Redaktion schloss heute schon gegen Mittag. Zu Fuß würde er bestimmt eine gute Stunde brauchen. Er blickte zu Johann, dann zog er den Reißverschluss seiner Jacke zu, setzte seine Mütze auf und lief los.

Öl

Das mit dem Meer ist so eine Sache. Es ist wie nach einer Trennung, ganz wird man sich nie davon erholen.

Ich habe meinen Vater dafür gehasst, dass er zur See gefahren ist – den Abschied, das Warten, die Nachmittage auf dem Leuchtturm. Aber wenn er wieder da war und wir mit dem kleinen Boot rausfuhren, war alles vergessen.

Ich sitze am Tisch, in der kleinen Kabine, neben mir der gepackte Seesack. Eigentlich hätte der Hubschrauber gestern schon kommen sollen, aber das Wetter hat nicht mitgespielt. Ich denke darüber nach, eine Zigarette zu rauchen, aber dann denke ich an den Raucherraum. Wenn alles gut läuft, sitze ich in ein paar Stunden im Flugzeug. Wenn alles gut läuft, bin ich morgen zu Hause.

Ich blicke durch das kleine Fenster nach draußen. Es hat aufgehört zu regnen, die See ist ruhig, aber am Himmel sind Wolken. Ich sehe hinüber zum Landeplatz, der kaum größer ist als ein Boxring, und ich suche den Horizont nach Schiffen ab, obwohl ich in den ganzen Jahren nur ein oder zwei gesehen habe.

Ich laufe durch die schmalen Gänge des Wohntrakts. Vorbei am Fitnessstudio, dem Billardraum, dem kleinen Kino. Das Linoleum quietscht unter meinen Füßen. In der Cafeteria läuft leise Musik, irgendein Klavierstück. Ich setze mich auf ein Sofa in der Ecke, betrachte das riesige Foto der Bohrinsel im Nebel. Es riecht nach Kartoffelbrei und irgendetwas Süßlichem.

Ich höre Björn in der Küche hantieren, das Klappern des Geschirrs, das leise Brummen des großen Spülautomaten. Er ist ein guter Koch, er könnte überall arbeiten. Ich stelle ihn mir in einer großen Hotelküche vor, in einem weißen Hemd und einer sauberen Schürze. Ich stelle mir vor, wie er über den gekachelten Boden geht, Anweisungen gibt, einem jungen Koch die Hand auf die Schulter legt.

Sarah arbeitete in einer Tankstelle. Hinter der Theke mit den Süßigkeiten wirkte sie jünger, sie trug ein kariertes Hemd und war ungeschminkt.

»Die Drei«, sagte ich. »Und eine Schachtel Marlboro.«

Sie strich sich ihre blonden Haare hinters Ohr. Lächelte. Ein paar Tage später waren wir zum ersten Mal verabredet, nach zwei Monaten zog sie bei mir ein. Ich sehe die kleine Wohnung vor mir, die Matratze auf dem Boden, die nackte Glühbirne an der Decke.

Der Hubschrauber hebt ab, und ich blicke durch das kleine Fenster hinunter zur Insel, die immer kleiner wird und schließlich im Nebel verschwindet. Als ich zum ersten Mal im Hubschrauber saß, der vom böigen Wind hin und her geworfen wurde, lächelte Björn mich an.

»Du gewöhnst dich daran«, sagte er, und ich schloss die Augen und lauschte dem gedämpften Knattern der Rotoren.

In der Ferne taucht die Küste als unsaubere Linie auf. Die winzigen Schiffe im Hafen wirken wie Spielzeuge. Ich sehe die ersten Häuser und dahinter dunkel die Stadt. Der Helikopter fliegt einen Bogen, und ich blicke aufs Meer, trübe Wellen rollen auf den Strand.

»Ich bin schwanger.« Sie vermied es, mir in die Augen zu sehen. Wir saßen in der Küche, und die Lichter der Straßenlaternen schienen schwach in den Raum.

»Wir schaffen das schon«, sagte ich, stand auf und ging um den Tisch. Ich umarmte sie, aber sie rührte sich nicht, und ich merkte, dass sie weinte.

»Ich will das Kind nicht«, sagte sie.

Ich winke ein Taxi heran. Der Wagen bleibt neben mir stehen.

»Zum Flughafen«, sage ich, und der Fahrer steigt aus und öffnet den Kofferraum. Ich bin die Strecke vom Heliport zum Flughafen schon mindestens zehnmal gefahren, und obwohl diese Straßen alles sind, was ich von der Stadt kenne, kommt sie mir seltsam vertraut vor. Ich blicke nach draußen, zu den alten, niedrigen Häusern und den kleinen Kneipen, die es hier an jeder Ecke gibt.

Ich sitze in einer dieser sauberen Flughafenbars, ich trinke ein Bier, schiebe die Flasche auf der Theke hin und her. Neben mir ein Mann im Anzug, wir schweigen und blicken auf den kleinen Fernseher, der hinter dem Tresen steht. Er ist außer mir der einzige Gast, und als ich aufstehe, treffen sich unsere Blicke für einen kurzen Moment. Er sieht müde aus, und sein Hemd ist zerknittert. Ich lege einen Geldschein neben meine leere Flasche und verlasse die Bar.

Ich laufe an den Duty-free-Shops vorbei, an Rasierwasser, Zigaretten und Schnaps. Ein Mann sitzt mit seinem Sohn auf einer Bank und liest ihm aus einem Buch vor.

Der Junge war in eine Decke gewickelt. Ich betrachtete sein schmales Gesicht, die dunklen Haare, die geschlossenen Augen. Eine Schwester lächelte mich an, nickte und verschwand in einem der Zimmer. Ich lief weiter, blieb vor der Tür stehen, öffnete sie leise. Sarah war eingeschlafen, sie lag auf der Seite, und ich setzte mich neben sie.

Ich sitze in der Wartehalle und schaue durch die große Scheibe auf das Rollfeld. Zwei Männer in Warnwesten packen Gepäckstücke auf einen Wagen. Die Sonne bricht durch die Wolkendecke, und für einen Moment liegt der gesamte Flughafen im Zwielicht. Ein Flugzeug startet, und ich stehe auf und laufe zu der großen Anzeigetafel. Der Flug geht in knapp zwei Stunden.

Die Stewardess wirft einen Blick auf meine Bordkarte und deutet in den hinteren Teil des Flugzeugs. Ich laufe an den Reihen vorbei zu meinem Platz. Vorne sehe ich den Mann aus der Bar. Er blickt zu mir, und ich nicke kurz. Dann finde ich meinen Sitz.

Das Flugzeug hebt ab. Ich spüre das dumpfe Brummen der Turbinen, ich schließe die Augen und drücke meinen Kopf in das Polster.

Der Junge weinte, und ich nahm ihn aus dem kleinen Bett und machte ihm die Flasche. Draußen wurde es hell, und ich hörte, wie der Junge leise schluckte. Es war früher Morgen, auf der Straße schwoll langsam der Verkehr an. Ich hörte den Fernseher des Alten, der unter uns wohnte und nachts nicht schlafen konnte.

Ich erwache, und kurz weiß ich nicht, wo ich bin, aber dann sehe ich die Stewardess in ihrem dunklen Kostüm. Sie lächelt mich an, schiebt den kleinen Wagen weiter durch die Reihen.

In der ersten Zeit auf der Insel träumte ich jede Nacht von dem Jungen, wie er mit meinem Vater aufs Meer hinausfährt und sie auf dem schaukelnden Boot stehen und die Köder befestigen. Als ich klein war, hatte mein Vater die Köder immer nachts vorbereitet, und manchmal beobachtete ich ihn heimlich dabei. Wie er im schwachen Licht der alten Stehlampe im Wohnzimmer saß.

Ich schließe die Wohnungstür auf, betrete den Flur. Ich stelle den Seesack unter die Garderobe und gehe in die Küche. Die Lichter der Straßenlaternen scheinen schwach in den Raum. Ich höre den Fernseher des Alten, und dann denke ich an den Jungen.

Ich laufe den Flur entlang, zu seinem Zimmer. Die Tür ist geschlossen. Ich warte einen Moment, bevor ich sie öffne und schließlich den Raum betrete. Der Kleiderschrank ist voll mit Aufklebern und neben dem Fenster hängt ein alter Kalender.

Das mit dem Meer ist so eine Sache. Es ist wie nach einer Trennung, ganz wird man sich nie davon erholen.

Die Krähe

Franz war an jenem Abend durch ein paar Kneipen gezogen. Er war in Läden gewesen, die er schon lange nicht mehr betreten hatte, und jetzt steuerte er seinen alten Lieferwagen durch die Nacht. Es war kurz nach zwei, die Straße lag dunkel vor ihm, und die Scheinwerfer strahlten in den Regen. Er war nicht betrunken, aber er spürte den Alkohol, und während er den Wagen an den flachen Lagerhallen vorbeilenkte, hörte er sein Werkzeug im Laderaum scheppern. Nachts wirkte die Gegend wie ausgestorben, die wenigen Laternen erhellten die Straße nur spärlich, und in keinem der Gebäude brannte Licht. Franz schaltete herunter und bog in eine schmale, gepflasterte Straße ein, dann sah er auch schon die Lkws.

Sein Wohnwagen stand auf dem Gelände einer Spedition, direkt an einem Kanal. Er fuhr auf den großen Hinterhof und schaltete den Motor ab. Das Licht auf dem Platz war trüb. Franz blickte aus dem Fenster, aber er sah nur Nebel und die dunklen Silhouetten blattloser Bäume. An klaren Tagen sah er von hier aus die Köhlbrandbrücke und die Lichter vom Hafen, aber im Herbst, wenn es regnete und neblig war, konnte er von seinem Wohnwagen aus nicht einmal die Lkws erkennen. Als er ausstieg, hörte er in der Ferne einen Hund bellen. Er hustete und lief über den Kies zu seinem Wohnwagen. Er war nur noch wenige Meter von der Tür entfernt, als er vor einem der Lkws etwas entdeckte. Zuerst dachte er, es wäre ein Kleidungsstück, aber als er näher trat, sah er, dass es eine tote Krähe war. Sie musste gegen die große Scheibe des Führerhauses geflogen sein. Einer der Flügel war seltsam abgeknickt, sie lag auf dem Rücken, und trotzdem verstrahlte sie noch immer etwas Lebendiges. Franz ging in die Hocke. Er hatte noch nie eine Krähe aus der Nähe betrachtet, und jetzt, wo er sich den Vogel genau besah, fiel ihm die Schönheit auf, der leicht geschwungene Schnabel, das dichte, dunkle Gefieder. Er hatte vor Jahren mal gelesen, dass Krähen zu den intelligentesten Tieren gehörten, dass sie sogar in der Lage waren, sich in Artgenossen hineinzuversetzen.

Franz blickte erneut zu dem Lkw, aber weder die Scheibe noch der Lack waren beschädigt. Als er den

Vogel berührte, spürte er noch immer etwas Körperwärme. Vielleicht hatte sich die Krähe vor seinem Transporter erschrocken und war in Panik gegen das Führerhaus geflogen. Die Tatsache, dass das Herz des Vogels noch vor ein paar Minuten geschlagen hatte, stimmte ihn traurig. Er hob den Körper vorsichtig hoch und trug ihn zu einer Kiefer, die am Rand des Parkplatzes stand und deren Äste über den Kanal hingen. Vom Wasser her wehte ein kühler Wind. Der Regen hatte nachgelassen, aber die Feuchtigkeit glänzte im Dunkeln. Franz legte den Vogel neben den Stamm und ging zu dem kleinen Werkzeugschuppen. Er öffnete die Tür. Das Licht war schon seit Jahren kaputt, und er tastete sich durch den dunklen Raum.

Die Erde war locker, und während er das Loch aushob, dachte er an seinen Vater. Es war das erste Mal seit langer Zeit, und er wusste nicht, warum er gerade jetzt an ihn denken musste. Er hatte ihn sehr gemocht. Er war gestorben, als Franz sechzehn war. Seine Mutter lebte noch, sie wohnte in einem Pflegeheim, und wenn er sie besuchte, erkannte sie ihn nicht. Manchmal sprach sie ihn mit dem Namen seines Vaters an, aber meistens saß sie stumm in dem großen Sessel, der schon in ihrer Wohnung gestanden hatte. Sie saß dort und blickte aus dem Fenster auf den Parkplatz eines Supermarktes.

Franz legte den Vogel in das Loch und bedeckte

ihn vorsichtig mit Erde. Er lehnte die Schaufel gegen den Baum und legte einen großen Kieselstein auf das Grab. Für einen kurzen Moment blieb er stehen, dann lief er um den Wohnwagen, zu einer Holzbank, von der man auf den Kanal blicken konnte. Im Sommer hatte er hier hin und wieder geangelt, aber er hatte nie etwas gefangen. Franz zog den Reißverschluss seiner Jacke zu und setzte sich. Er spürte die Feuchtigkeit durch den Stoff seiner Arbeitshose. Tagsüber herrschte auf dem Hof geschäftiges Treiben, aber nachts war es vollkommen still. Er wohnte seit ein paar Jahren in dem alten Wohnwagen, und in diesem Jahr hatte er hier sogar ein paar Tomaten gezüchtet. Die Töpfe standen noch neben dem Schuppen, aber die Pflanzen waren verdorrt. Er blickte über den Kanal zu einem kleinen, weißen Gebäude auf der anderen Seite. In dem mit Wellblech gedeckten Schuppen wohnte sein einziger Nachbar. Sie hatten in den Jahren nur ein paarmal miteinander gesprochen, aber wenn sie mit ihren Autos aneinander vorbeifuhren, grüßten sie sich. Und wenn er abends auf der Bank saß, sah er manchmal den Glutpunkt einer Zigarette, der sich wie ein Glühwürmchen auf und ab bewegte.

Franz betrat den Wohnwagen. Er schaltete das Licht an und betätigte die Gasheizung, dann nahm er ein Bier aus der Kühlbox und setzte sich an den kleinen Tisch. Er drehte das Radio auf und öffnete die Flasche. In ein paar Stunden musste er wieder aufstehen. Franz verdiente sein Geld mit allen möglichen Reparaturen in den Kneipen um die Reeperbahn. Er wechselte schadhafte Kacheln aus, kümmerte sich um verstopfte Waschbecken und defekte Wasserhähne. Er reparierte kaputte Türen. Er machte das schon seit einiger Zeit, und er konnte sich vor Aufträgen kaum noch retten, aber die Arbeit fiel ihm nicht mehr so leicht wie früher.

Allmählich wurde es warm. Franz zog seine Jacke aus. Er trank einen Schluck Bier, und dann dachte er an die Mundharmonika. Sie lag in einem der Schränke, er hatte sie seit Jahren nicht mehr herausgeholt.

Er nahm die Schachtel aus dem Schrank, legte sie vor sich und schaltete das Radio ab. Sein Vater hatte ihm beigebracht, wie man das Instrument spielte. Sie hatten oft bis spät in der Küche gesessen, und sein Vater hatte ihm Geschichten erzählt. Franz sah die Augen seines Vaters vor sich, sie waren blau und schienen oft glasig. Jetzt erinnerte er sich auch an eine Geschichte von einem verirrten Wanderer, dem eine Krähe den richtigen Weg wies.

Die ersten Töne klangen etwas unbeholfen, aber nach ein paar Minuten kamen sie wie von selbst, und er spielte alle Lieder, die er kannte. Er streifte seine Schuhe ab und öffnete ein weiteres Bier, und er begann wieder von vorn. Er spielte mit geschlossenen Augen, und wenn ein Lied zu Ende war, machte er eine kurze Pause.

Franz lag im Dunkeln, aber durch das Fenster fiel etwas Licht, und er sah die Umrisse der Möbel. Er hatte den Wohnwagen seit Jahren nicht mehr bewegt, und trotzdem war er sich sicher, dass man ihn noch ziehen konnte. Er hörte, wie der Regen ungleichmäßig auf das Dach trommelte, und er stellte sich den Wohnwagen auf der Autobahn vor – an einem kleinen Fluss irgendwo in den Bergen. Er überlegte, wann er Hamburg das letzte Mal verlassen hatte und was ihn eigentlich noch hier hielt.

Als Franz schließlich einschlief, ging draußen die Sonne auf. Die ersten Möwen kreischten, und die Äste der Kiefer bewegten sich im Wind.

Der Trainer

Walter hatte von einer großen Karriere im Ring geträumt. Das war in den Siebzigern gewesen, als Muhammad Ali den Titel zurückholte und er selbst täglich mehrere Stunden trainierte. Er hatte davon geträumt, von Stadt zu Stadt zu fahren, in den ganz großen Hallen zu kämpfen und die Wärme der Scheinwerfer auf seiner Haut zu spüren. Aber als ihn dann tatsächlich ein Boxstall unter Vertrag nehmen wollte, beendete eine Schulterverletzung seine Karriere, bevor sie richtig begonnen hatte.

Die folgenden Jahre waren ein ständiges Auf und Ab. Er heiratete, ließ sich scheiden, schlug sich in Kneipen. Und hätte er nicht als Trainer begonnen, wäre er sicher irgendwann im Gefängnis gelandet.

Walter war über sechzig, stämmig, aber nicht dick, und um seine Augen fand sich noch immer etwas

Jugendliches. Er hatte schneeweißes Haar, und auch wenn er etwas langsamer war, konnte er es noch mit den jungen Boxern aufnehmen. Manchmal dachte er darüber nach, wie sein Leben ohne die Verletzung verlaufen wäre, ob er es nach oben geschafft hätte. Vielleicht hätte er sogar einmal um einen Titel geboxt. Aber dann dachte er an die Jungs, die er in den letzten Jahren betreut hatte, und die, wie er, davon geträumt hatten, in den ganz großen Hallen zu kämpfen. Um nach ganz oben zu kommen, brauchte man Talent und sicher auch eine Portion Glück, aber am wichtigsten war der unbedingte Wille. Und selbst wenn diese drei Dinge zusammenkamen, war man ohne einen Trainer, der an einen glaubte, verloren.

Als Walter David zum ersten Mal sah, wusste er sofort, dass der Junge in einen Ring gehörte. Sicher, er war bestimmt schon Mitte zwanzig, und er hatte ein paar Kilos zu viel auf den Rippen, aber seine Reflexe waren ungewöhnlich schnell, und die Art, wie er sich bewegte, die Eleganz und die Schnelligkeit sprachen für sich.

Walter beobachtete ihn ein paar Wochen beim Training, beobachtete ihn beim Seilspringen, am Sandsack und beim Sparring. Er war ihm noch nicht aufgefallen, und er fragte sich, wo er vorher trainiert hatte.

»Du bist gut«, sagte Walter. »Manchmal vielleicht etwas zu stürmisch, und du hast deine Beine nicht immer unter Kontrolle. Aber deine Kombinationen sind wirklich gut.«

David war gerade aus dem Ring gestiegen. Er trug eine Trainingshose und ein schwarzes Unterhemd.

»Danke«, sagte er.

»Wie lange boxt du schon?«, fragte Walter.

»Seit ich fünfzehn bin«, sagte David. »Aber es gab ein paar Unterbrechungen.«

»Er hat noch nicht einen einzigen Kampf hinter sich«, sagte Raabe.

»Du hast ihn nicht boxen sehen«, sagte Walter. Die beiden saßen in Raabes kleinem Büro, und Walter blickte auf die Porträts der Boxer, die an den Wänden hingen.

»Du weißt, dass es im Moment nicht unbedingt rosig aussieht«, sagte Raabe und blickte durch das schmutzige Fenster hinunter in die Halle.

»Und gerade deshalb musst du investieren«, sagte Walter. »Besorg ihm eine Lizenz – ein guter Trainingsplan, ein paar Vorkämpfe, und der Junge boxt in drei Jahren um einen Titel.«

Raabe zündete sich eine Zigarette an. Er legte das Feuerzeug auf den Schreibtisch und lehnte sich zurück, dann blickte er wieder hinunter. Es war Abend, und nur der Scheinwerfer über dem Ring war eingeschaltet, der restliche Teil der kleinen Halle lag im Dunkeln.

Walter trat auf den Parkplatz und lief zu seinem Wagen. Er öffnete die Tür und setzte sich hinters Steuer. Er blieb für einen Moment so sitzen, dann startete er den Motor und fuhr nach Hause. Seit seiner Scheidung lebte er allein. Seine Wohnung lag in einem alten Backsteingebäude, er hatte sich dort nie richtig eingerichtet, und in seinem Wohnzimmer standen außer dem Fernseher und dem DVD-Player nur ein Schreibtisch und ein Stuhl. Dort sah er sich die Kämpfe der Gegner an, und dort schrieb er die Trainingspläne. Raabe hatte sich darauf eingelassen, auch wenn er nicht daran glaubte. Doch mit dem Geld konnte David sich auf das Training konzentrieren. Und das war jetzt das Wichtigste.

Sie begannen am Sandsack. »Okay«, sagte Walter und versetzte ihm einen Stoß. »Du musst ihn dir als Mensch vorstellen. Wenn du am Sandsack arbeitest, musst du dich mit ihm bewegen, ihn umkreisen.«

Walter pendelte mit dem Oberkörper und deutete eine Gerade an.

»Achte auf deine Beine«, sagte Walter. »Du stehst zu starr.«

Er drehte seine Schulter ein wenig und schlug zu, dann verlagerte er sein Gewicht auf das andere Bein. Er deutete einen weiteren Schlag an und trat zurück. Dann gab er dem Sack einen erneuten Stoß.

»Es ist alles eine Sache des Gleichgewichts«, sagte er und beobachtete David, der sich jetzt viel lockerer bewegte.

»Alles, was du tun musst, ist, auf dein Gleichgewicht zu achten. Halte deine Beine immer unter den Schultern.«

David brauchte ein paar Tage, dann hatte er den Dreh raus. Er tänzelte um den Sandsack und bewegte sich leichtfüßig hin und her.

Walter erklärte ihm, wie er stehen musste, um sein Gewicht beim Schlag ideal zu nutzen. Er erklärte ihm, wie man im Zurückweichen weiterboxte und wie kleine Bewegungen der Füße die Wucht der Schläge verstärkten.

Die ersten Sparringskämpfe liefen gut, aber dann ließ Walter ihn gegen erfahrenere Boxer kämpfen. Und David kam in Bedrängnis.

»Du hältst die Luft an«, sagte Walter. »Wenn du nicht atmest, kannst du auch nicht boxen.«

Sie trainierten mit den Pratzen und am Punchingball. Walter erstellte einen Ernährungsplan, und David stieg zweimal die Woche in den Ring.

Nach fünf Monaten gab es kaum noch einen Boxer im Studio, der es mit ihm aufnehmen konnte, und Walter engagierte Boxer aus anderen Studios.

»Was hab ich dir gesagt«, sagte Walter und lächelte. Er stand neben Raabe am Ring, und die beiden beobachteten David am Sandsack.

»Ein Rohdiamant. Und langsam glänzt er.«

David hatte seinen ersten Kampf nach neun Monaten. Sein Gegner war ein schwarzhaariger Litauer, der bisher nicht ein einziges Mal verloren hatte. Der Kampf war auf vier Runden angesetzt, und als David durch die Gänge lief, hinauf in die kleine Halle, durch die Zuschauerreihen zum Ring, konnte Walter seine Aufregung förmlich spüren. Es war der erste Kampf an dem Abend, und die Halle war noch nicht ganz gefüllt. Walter hatte schon ein Dutzend Boxer auf diesem Weg begleitet, und er wusste, dass David diese Sekunden niemals vergessen würde.

Die erste Runde ging eindeutig an den Litauer, aber in der zweiten Runde konnte David ein paar Treffer landen.

»Du musst ihn kommen lassen«, sagte Walter in der Pause und wischte ihm den Schweiß aus dem Gesicht. »Warte, bis er offen ist.«

In der dritten Runde dominierte David, und in der letzten Runde ging der Litauer zweimal zu Boden.

»Das war gut«, sagte Walter auf dem Heimweg. Sie saßen in seinem Wagen, und David blickte aus dem Fenster.

»Danke«, sagte David. »Ich war ziemlich aufgeregt.«

Sein Gesicht war aufgedunsen und seine Oberlippe geschwollen, aber es gab keine offenen Stellen, und er lächelte.

»Mach weiter so«, sagte Walter, und dann schwiegen sie.

David schlief ein, und als sie die Stadt erreichten, dämmerte der Morgen herauf. Während sie an der Elbe entlangfuhren, dachte Walter an seine eigene Karriere, an seine kaputte Schulter und seine Exfrau. Er dachte an das Boxstudio, in dem er trainiert hatte und das seit Jahren geschlossen war.

In den folgenden Monaten boxte David in Berlin, Hannover und Frankfurt. Sein erster wichtiger Kampf stand ihm in Amsterdam bevor. Sein Gegner war ein ehemaliger ungarischer Meister, der eine Zeit lang nicht geboxt hatte und jetzt an seinem Comeback arbeitete. Es gab nur zwei seiner Kämpfe auf Video, und als Walter sie zum ersten Mal sah, fragte er sich, ob David schon so weit war. Aber die Kämpfe lagen schon ein paar Jahre zurück, und der Ungar war nicht mehr in den Ring gestiegen, seit er seinen Titel verloren hatte.

In den letzten zehn Wochen vor dem Kampf intensivierten sie das Training. Sie begannen mit sechs Trainingseinheiten pro Woche, steigerten dann auf zehn. Sie nahmen die Sparringskämpfe auf Video auf und analysierten sie später. Sie trainierten im Kraftraum, erarbeiteten ein Zirkeltraining und machten Belastungstests. David trat in den Sparringskämpfen gegen schwerere Boxer an, und immer wieder sahen sie sich die Videos des Ungarn an. In der Woche vor dem Kampf beschränkten sie das Training auf Schattenboxen, Ausdauerläufe und Pratzentraining.

Es war das erste Mal, dass David in einer großen Halle boxte. Er war im Vorprogramm eines Meisterschaftskampfes, der in Holland im Fernsehen übertragen werden sollte, und als er in die Halle einlief, trug er einen blauen Mantel mit roten Sternen. Er hatte die Kapuze weit über die Stirn gezogen. Walter ging hinter ihm. Aus den Augenwinkeln sah er die Blitzlichter der Kameras. Die Halle war nur schwach beleuchtet, und über dem Ring hing ein großer Monitor, der David beim Training zeigte. Es lief ein Song von den Rolling Stones, David wurde von einem großen Scheinwerfer angestrahlt, und das Publikum jubelte.

Walter trat durch die automatische Tür in den kühlen Morgen. Ein Mann im Bademantel rauchte eine Zigarette. Es regnete, und Walter blickte zu dem kleinen Park, der die Klinik umgab. Eine Reihe Taxis stand neben einer schmalen Mauer, und Walter ging zum ersten Wagen, öffnete die Tür und setzte sich auf die Rückbank.

»West Side Hotel«, sagte er, und der Fahrer startete den Motor.

Der Regen ging in Schnee über, und rechts von der Straße war jetzt Wasser zu sehen. Dicke Eisschollen trieben auf der Oberfläche, und auf der Kaimauer saßen ein paar Möwen.

»Ich hab den Kampf im Fernsehen gesehen«, sagte der Fahrer. »Der Junge war gut. Wenn Sie mich fragen … der beste Kampf gestern Abend.«

David hatte eine Gehirnerschütterung, ein gebrochenes Jochbein und eine angerissene Milz. Aber als Walter gegangen war, hatte er schon wieder gelächelt.

»Er hat verloren«, sagte Walter.

»Der kommt schon wieder hoch«, sagte der Fahrer. Eine Zeit lang sagten sie nichts. Sie fuhren über eine Brücke und dann einen Kanal entlang.

»Könnten Sie mich hier rauslassen?«, fragte Walter.

Der Fahrer hielt an, und Walter bezahlte. Er stieg aus und lief zu einem kleinen Anleger hinunter. Er war mit seiner Frau kurz vor der Hochzeit schon einmal in Amsterdam gewesen. Er konnte sich kaum noch an die Reise erinnern, und doch kam ihm dieser Ort bekannt vor.

Walter setzte sich auf eine Bank und blickte zu

einem alten Segelschiff. Der Rumpf war rot gestrichen, und an Deck saß ein kleiner Junge, der zu ihm herübersah. Walter hob die Hand, und der Junge lächelte.

David war in der fünften Runde zu Boden gegangen, aber er war wieder aufgestanden, und trotz des Patzers hatte er nach Punkten geführt. Manchmal reichte es, einen Moment lang nicht aufzupassen.

Walter trug noch den Trainingsanzug, und als er aufstand und zu dem Schiff sah, war der Junge verschwunden. Er dachte an die kleine Halle in Hamburg. David würde ein paar Wochen brauchen, ehe er wieder in den Ring steigen konnte. Mit einer Handbewegung klopfte er sich den Schnee von den Kleidern, ging zur Straße, und dann lief er zum Hotel.

Zurück am Fluss

Die Sonne schien, aber es war kalt, und die Elbe lag still und glatt im Morgenlicht. Ein paar Meter neben mir saß eine Möwe auf einem Pfosten, und als ich den Kopf drehte, breitete sie die Flügel aus und flog davon. Am anderen Ufer lag ein Frachtschiff – lang und dunkel und an einem Steg vertäut –, und ich erinnerte mich daran, wie wir als Jungs hier mit unseren Fahrrädern unterwegs gewesen waren und unsere ersten Zigaretten geraucht hatten.

Ich lief zum Wagen.

Ich fuhr immer noch den alten Mercedes, Ziegler hatte ihn mir damals verkauft. Der Tacho war bei dreihundertfünfzigtausend stehen geblieben, ich hatte ihn nicht mehr reparieren lassen. Die Kotflügel waren an einigen Stellen angerostet, die Windschutzscheibe hatte einen Sprung, aber der Wagen hatte mich nie im Stich gelassen. Ich öffnete die

Tür, setzte mich hinters Lenkrad und startete den Motor. Dann wendete ich und nahm die schmale Straße Richtung Elbtunnel.

Es war jetzt fast zehn Jahre her, dass ich die Stadt verlassen hatte, aber als ich am Fischmarkt entlangfuhr und zu den Docks hinübersah, kam es mir vor, als wäre ich nie weg gewesen. Und ich konnte mir nur schwer ausmalen, dass sich hier so viel verändert haben sollte. Ich fuhr über die Reeperbahn und überlegte kurz, ob ich an der Kneipe haltmachen sollte, aber als ich wieder am Fluss war, hatte ich es schon vergessen.

»Der Wagen überlebt mich noch«, hatte Ziegler damals gesagt, als wir auf dem Hof vor seiner Werkstatt standen und er mir die Schlüssel gab.

»Red keinen Scheiß«, hatte ich geantwortet. Ich hatte überhaupt nicht daran gedacht, dass er recht haben könnte.

Ich hielt an einer Gärtnerei und ließ einen Blumenstrauß binden. Es war nicht mehr weit, und als ich wieder im Wagen saß, blieb ich für einen Moment sitzen und beobachtete den Verkehr.

Das Altenheim lag nur einen Steinwurf von der Elbe entfernt, es war ein von Bäumen umstandener, weißer Bau mit großen Fenstern, und als ich über den Parkplatz lief, knirschte der Kies unter meinen

Füßen. Die Vögel zwitscherten, und ich konnte den Fluss riechen.

»Sie bekommt nicht oft Besuch«, sagte die Pflegerin und führte mich einen schmalen Flur entlang. Dann blieb sie stehen.

»Hier«, sagte sie, klopfte und öffnete die Tür. »Sie haben Besuch.«

Die Pflegerin ging, und ich betrat den Raum. Karin saß in einem Sessel. Als sie mich sah, erhob sie sich langsam. Sie hatte abgenommen, und ich sah ihre knochigen Schulterblätter durch den Stoff der Bluse.

»Andre«, sagte sie, und wir umarmten uns.

Sie war dünn geworden, aber sie roch genau wie früher, und ich musste daran denken, wie sie mir bei den Hausaufgaben geholfen hatte. Meine Mutter war damals schon krank gewesen, und ich hatte meine halbe Kindheit in Karins Kneipe verbracht.

»Du siehst gut aus«, sagte sie und setzte sich wieder in den Sessel. Sie konnte von dort aus durch ein großes Fenster die Elbe sehen. Das Zimmer war hell und in einem warmen Gelbton gestrichen. Es wirkte gemütlich, ganz anders, als ich es mir vorgestellt hatte.

»Schön hast du's hier«, sagte ich.

»Ich war viel im Krankenhaus«, sagte Karin, »und zu Hause ist mir die Decke auf den Kopf gefallen.«

Am Nachmittag saßen wir auf der kleinen Terrasse, und Karin erzählte von Zieglers Beerdigung.

»Das halbe Viertel war da, und irgendjemand hatte seinen Arbeitsanzug zwischen die Kränze gelegt.« Sie sagte einen Moment lang nichts und blickte über die Elbe hinweg. »Es roch wie in seiner Werkstatt.«

Sie saß in einem weißen Gartenstuhl, und über ihren Beinen lag eine Decke. Sie blickte noch immer über den Fluss. Der Himmel war taubenblau, und die Wolken wirkten wie aufgefädelt.

Es war früher Abend, als ich das Altenheim verließ. Ich setzte mich in den Wagen, und als ich losfuhr, sah ich, dass ich den Blumenstrauß auf dem Beifahrersitz vergessen hatte.

Die Sonne war schon untergegangen, und es war noch nicht ganz dunkel, aber als ich über die Reeperbahn fuhr, leuchteten die Schilder der Bars und Diskotheken bereits. Ich dachte an die Nächte in den Kneipen, an die Drogen und die Schlägereien. Ohne Karin hätte ich sicher niemals eine Therapie begonnen, und vielleicht säße ich heute noch an irgendeinem Tresen.

Kurz bevor ich gegangen war, hatte ich in einem großen Kino als Filmvorführer gearbeitet. Und während ich den Wagen durch die Straßen des Viertels lenkte, dachte ich an das Geräusch der Projektoren. Ich dachte an den schmalen Vorführraum und die

Filme, die dort unter der Decke von Filmprojektor zu Filmprojektor liefen. Das Gebäude, in dem das Kino untergebracht war, hatte in der Nähe der Autobahn gestanden, und manchmal, zwischen den Filmen, war ich auf das große Flachdach gestiegen, von dem aus man gut über das Viertel blicken konnte. Man sah auch das Krankenhaus, in dem meine Mutter gestorben war.

Als ich auf dem Friedhof ankam, war es schon dunkel. Das Tor war geschlossen, und ich kletterte über die kleine Mauer. Mehrmals lief ich an der alten Kapelle vorbei, ich brauchte fast eine halbe Stunde, bis ich das Grab fand. Es gab nur ein schlichtes Holzkreuz, aber jemand hatte einen Autoreifen auf das Grab gelegt und mit Blumen bepflanzt. Ich ging in die Hocke und legte den Strauß auf die Erde. Ein paar Meter neben dem Grab stand eine alte Eiche, und ich hörte den Wind in den Blättern rauschen.

Am Ende landete ich dann doch in der Kneipe. Sie hieß jetzt *Schwarze Perle*. Ich saß an einem Tisch in der Ecke und blickte aus dem Fenster und nippte an einem alkoholfreien Bier. Der Laden war noch ziemlich leer, und hinterm Tresen stand ein junges Mädchen mit dunklen Haaren. Sie war hübsch und unterhielt sich mit einem Typen, der vor ihr auf einem Barhocker saß. Die Kneipe kam mir kleiner vor, als ich sie in Erinnerung hatte. Kleiner und heller, und dort, wo früher der Tresen gestanden hatte, war jetzt eine Sitzecke.

Als mein Bier leer war, bestellte ich ein neues. Der Laden füllte sich allmählich, und als ich zur Toilette ging, fiel mir die alte Jukebox auf. Ich blieb stehen und dachte daran, wie ich von meiner Mutter früher immer Münzen bekommen hatte, damit ich sie bedienen konnte.

Als meine Mutter starb, zog ich zu meiner Tante, aber ich verstand mich weder mit ihr noch mit ihrem Freund, und so verbrachte ich weiterhin die meiste Zeit in der Kneipe. Meiner Tante war das nur recht. Mittags, nach der Schule, machte mir Karin was zu essen. Ich half ihr beim Saubermachen, und manchmal, an den Wochenenden, nahm Ziegler mich mit zur Trabrennbahn. Er traf immer jede Menge Leute.

Bevor ich losfuhr, lief ich durch das Viertel. Ich lief an dem Haus vorbei, in dem ich mit meiner Mutter gewohnt hatte, an meiner alten Schule und der großen Tankstelle.

Mein Wagen stand in der Nähe von Zieglers Werkstatt. Karin hatte mir erzählt, dass das Haus vor ein paar Jahren abgerissen worden war. Ich ließ den Wagen an und drehte die Heizung auf. Ich sah die Straße entlang. Als Kind hatte ich viel Zeit auf den Hinterhöfen dieser Häuser verbracht.

Ich war betrunken und hatte fast zwei Wochen lang nicht geschlafen, als Ziegler mich in die Klinik brachte. Ich kann mich kaum noch an die Fahrt erinnern, aber ich sehe das Krankenhaus, die hellen Gänge und die nette Schwester. Die Entgiftung hatte zehn Tage gedauert, und ich hatte Glück gehabt und direkt im Anschluss einen Platz in einer Klinik für Alkoholabhängige bekommen. Und dort hatte ich Franka kennengelernt.

Ich war noch nicht lange unterwegs, als der Motor seltsame Geräusche machte. Es klang wie ein metallisches Schleifen. Ich fuhr an den Straßenrand und öffnete die Motorhaube, aber ich hatte keine Ahnung von Autos, und der Motor sah aus wie immer. Ich fuhr noch eine Zeit lang weiter, aber das Geräusch wurde immer lauter, und ich war erleichtert, als am Horizont eine Tankstelle auftauchte. Ich hielt vor einer Zapfsäule, und als ich ausstieg, sah ich, dass sie geschlossen hatte. Die Tankstelle war das einzige Gebäude weit und breit, und ich wusste nicht, wie lange man bis zur nächsten Ortschaft brauchte. Ich öffnete erneut die Motorhaube, und im Licht der Tankstelle bemerkte ich, dass der Wagen Öl verlor.

Der Geruch erinnerte mich an Zieglers Werkstatt. Ich musste an das Foto von ihm denken, das in Karins Zimmer an der Wand gehangen hatte. Es war das einzige Foto in dem Raum gewesen, und man sah Ziegler in Arbeitskleidung in Karins Kneipe am Tresen sitzen. Er lächelte, und vor ihm im Aschenbecher glühte eine Zigarette.

Ich hätte jetzt gerne Frankas Stimme gehört, aber es gab keine Telefonzelle, und Franka schlief bestimmt schon. Sie war knapp einen Monat vor mir aus der Klinik entlassen worden, und als meine Zeit dort zu Ende ging, war ich zu ihr gezogen. Fast drei Jahre hatten wir gemeinsam in ihrer winzigen Wohnung gelebt. Ich hatte eine Arbeit in einer Gärtnerei gefunden, und als ich eines Tages nach Hause gekommen war, hatte sie gesagt, dass wir umziehen müssen.

»Was ist los?«, hatte ich gefragt.

»Ich bin schwanger.«

Ich stand neben dem Wagen und blickte an der Zapfsäule vorbei Richtung Straße. Irgendwo in der Nähe mussten Gleise sein, denn ich hörte das Rauschen eines Zuges. Franka hatte dem alten Mercedes noch nie getraut.

Frei

Diesmal hatte Henning seine Strafe bis zum letzten Tag abgesessen. Es gab keinen Bewährungshelfer, bei dem er sich melden musste, und er konnte tun und lassen, was er wollte. Alles, was er besaß, passte in eine schwarze Sporttasche. Seine Jeans waren ihm etwas zu weit – er war in den letzten Monaten viel im Fitnessraum gewesen.

Er fuhr mit dem Bus zu dem kleinen Bahnhof. Bis Frankfurt, wo er umsteigen musste, war es nicht weit, und als er dort in den ICE stieg, schlief er ein. Als er erwachte, dämmerte es bereits. Er saß alleine in dem kleinen Abteil, und draußen, vor dem Fenster, glitt eine Brücke vorbei, nur wenig später sah er den Fluss, auf dem sich die Lichter spiegelten. Er war noch immer müde, sein Rücken schmerzte, und er war hungrig, aber all das störte ihn nicht.

Sie kamen an Häusern vorbei, in manchen Fenstern brannte Licht, und hin und wieder konnte er etwas erkennen – einen älteren Mann, der an einem Tisch saß, eine Frau, die am Fenster stand und in seine Richtung blickte. Es war eine Weile her, dass er eine Stadt durch ein Zugfenster gesehen hatte, und er blickte hinaus und genoss den Anblick der Fassaden und Straßen; und er spürte das leichte Vibrieren des Zuges.

Vor ein paar Stunden, als er eingestiegen war, hatte es geregnet, jetzt waren die Straßen trocken und der Himmel klar. Im Zug wurde es unruhiger, und auf dem Gang vor dem Abteil sammelten sich Menschen, aber Henning blickte weiter aus dem Fenster. Er sah eine Tankstelle, eine Straße, Autos, die an einer Ampel hielten, und einen Rettungswagen, der mit Blaulicht über eine Kreuzung fuhr. Er musste an eine Modelleisenbahn denken und an seinen Großvater, mit dem er in seiner Kindheit einmal nach Frankreich gefahren war. Er dachte an die kleinen Häuser, die einzeln und verloren in der Landschaft gestanden hatten.

Henning verließ das Bahnhofsgebäude und lief auf einen Taxistand zu. Es war dunkel, und die feuchte Straße glänzte im Licht der Laternen. Er hatte sich diesen Tag in den letzten Wochen oft vorgestellt und in den Nächten manchmal sogar davon geträumt. Und jetzt war er tatsächlich in Hamburg und trug seine schwarze Sporttasche über den Bahnhofsvorplatz. Er war zu dünn angezogen, und er fror, aber in seiner Hosentasche spürte er den Schlüssel zu seiner Wohnung. Ab morgen würde er in einem kleinen Tätowierstudio arbeiten, und der Gedanke daran vertrieb die Kälte. Er hatte die Wohnung noch nicht gesehen, er hatte den Schlüssel mit der Post bekommen, und in den letzten Wochen hatte er ihn immer bei sich getragen.

Henning öffnete die Tür eines Taxis und setzte sich auf die Rückbank. Der Fahrer rauchte eine Zigarette, und als er sie ausdrücken wollte, schüttelte Henning den Kopf.

»Schon okay«, sagte er. »Seilerstraße, bitte.«

Der Fahrer drehte das Radio leiser und fuhr los. Die Sitzbank war mit Leder bezogen und kühl, aber die Heizungsluft füllte das Innere des Wagens, und Henning wurde warm. Er blickte nach draußen. Vor ein paar Jahren war er schon einmal hier gewesen, aber er konnte sich kaum noch daran erinnern. Er hatte viel Zeit in Kneipen verbracht.

Das Haus war ein weißer Altbau, und im Erdgeschoss befand sich ein Dönerladen. Als er die Tür öffnete, sah er, dass auf dem Klingelschild sein Name stand. Im Treppenhaus roch es nach Dönerfleisch und Frittierfett – Gerüche, die er seit einer Ewigkeit nicht mehr wahrgenommen hatte.

Henning zog seine Schuhe aus und lief über den

kühlen Dielenboden. Es war eine Dachwohnung, und sie hatte ein kleines Schlafzimmer, ein Wohnzimmer mit Kochnische und ein winziges Bad. Im Wohnzimmer standen eine kleine Couch und ein Tisch. Auf dem Tisch lag ein Päckchen, daneben ein Zettel. Er nahm ihn und faltete ihn auseinander.

Hallo Henning,
schön, dass Du hier bist. Im Kühlschrank
gibt es was zu essen.
Bis morgen!
Grüße,
K.

Henning setzte sich auf die Couch. Er legte den Zettel neben sich und öffnete das Päckchen. Es war aus schlichtem braunem Karton. Darin befand sich eine Tätowiermaschine. Sie war handgearbeitet, das Griffstück aus Edelstahl, sie lag gut in der Hand.

Vom Küchenfenster aus konnte Henning die Flutscheinwerfer des Stadions und ein Riesenrad sehen. In seiner Zelle hatte er sich auf einen Stuhl stellen müssen, um das Fenster zu erreichen, aber selbst dann hatte er nur die Mauer vor sich. Seine Zelle war in der zweiten Etage, und von den oberen Stockwerken aus blickte man auf einen Parkplatz, und manchmal hatte er die Insassen dieser Zellen für diese Aussicht beneidet.

Nachdem er sich ausgeruht und etwas gegessen hatte, verließ er die Wohnung. Er schloss die Tür hinter sich ab und trat auf die Straße. Es war nach elf Uhr, aber in dem kleinen Dönerladen saßen immer noch Leute an den Tischen, aßen und unterhielten sich. Er lief langsam die Straße entlang und blickte an den Fassaden der Häuser hinauf. Die Lichter in den Wohnungen waren einladend, und er fragte sich, ob auch seine Wohnung so wirkte. Es war ein gutes Gefühl, kommen und gehen zu können, wann er wollte. Er tastete nach dem Schlüssel in seiner Hosentasche.

Das Erste, was er von der Reeperbahn sah, waren die Leuchtschilder der Bars und Diskotheken. Die Tatsache, dass man hier zu jeder Tages- und Nachtzeit eine offene Kneipe fand, hatte ihn vor ein paar Jahren noch fasziniert. Aber diesmal war es anders. Er hatte eine ganze Weile nichts mehr getrunken, und er hatte es auch nicht vor. Er war unzählige Male im Rausch mit Leuten aneinandergeraten und am nächsten Morgen mit zerschlagenem Gesicht aufgewacht. Aber das war nun vorbei. In gewisser Weise hatte das Tätowieren eine innere Leere gefüllt, eine Leere, die er zuvor nicht einmal gespürt hatte, und er war immer stolz gewesen, wenn ihn auf den Gängen oder auf dem Hof Männer mit seinen Bildern auf der Haut grüßten.

Henning lief über die Reeperbahn, er spazierte

durch einen kleinen dunklen Park und dann hinunter zur Elbe. In den nächsten Tagen wollte er sich ein Paar Laufschuhe kaufen, und er stellte sich vor, wie er morgens vor der Arbeit am Fluss entlanglief und dann zu Hause ankam, duschte und frühstückte.

Der Platz, auf dem am Wochenende der Fischmarkt stattfand, war leer. Nur ein paar Autos parkten unter einer Laterne. Henning lief zur Kaimauer hinüber und blickte über den Fluss. Eine Barkasse trieb auf der Elbe, bunte Glühbirnen hingen an den Masten, und Henning konnte Musik hören und vereinzelte Stimmen. Er stand schon eine Weile dort, als er den Hund bemerkte. Er hatte ihn nicht kommen hören. Er war direkt neben Henning und blickte ihn aus dunklen Augen an.

»Na, mein Kleiner?«, sagte Henning und schaute sich um, aber es war niemand zu sehen.

Der Hund war schwarz, sein Fell wirkte stumpf, und er war abgemagert.

»Wo ist denn dein Herrchen?«, sagte Henning und beugte sich zu ihm hinunter, aber als Henning ihn streicheln wollte, zuckte der Hund zurück.

»Brauchst keine Angst zu haben«, sagte Henning und streckte dem Hund die Hand entgegen. Der Hund setzte sich.

»Na, komm mal her, mein Kleiner.« Henning ging ebenfalls in die Hocke, und der Hund kam langsam zu ihm rüber und schnupperte an seiner

Hand. Und jetzt ließ er sich streicheln. Henning kraulte ihn hinterm Ohr, und als er über seine Flanke strich, konnte er jede Rippe spüren.

»Bist hungrig, was?«, sagte er und blickte erneut über den Platz, aber sie waren alleine.

»Was machen wir denn jetzt?«, sagte Henning. »Wo gehörst du denn hin?«

Während er sprach, drückte der Hund sich gegen sein Bein. Henning streichelte ihn, und der Hund wedelte mit dem Schwanz.

Er dachte an seine Zelle und daran, wie er am Morgen mit seiner Tasche durch das große Tor gegangen war, und der Wind wehte die Geräusche der Docks zu ihm herüber. Wie oft hatte er an diesen Tag gedacht, und jetzt stand er an der Elbe, und da war dieser Hund.

»Wenn ich nur wüsste, wie du heißt«, sagte Henning, und dann lief er nach Hause, und der Hund folgte ihm.

Inhalt

Das Zitat von Jörg Steiner stammt aus »Ein Kirsch-
baum am Pazifischen Ozean«.